宫巷沈记

南帆 著

海峡出版发行集团
海峡文艺出版社

图书在版编目(CIP)数据

宫巷沈记/南帆著. － 福州:海峡文艺出版社,2024.6
ISBN 978-7-5550-3532-9

Ⅰ.①宫… Ⅱ.①南… Ⅲ.①散文集－中国－当
代 Ⅳ.①I267

中国国家版本馆 CIP 数据核字(2024)第 054234 号

宫巷沈记

南　帆	著	
出 版 人	林　滨	
责任编辑	郑咏枫	
出版发行	海峡文艺出版社	
社　　址	福州市东水路 76 号 14 层	
发 行 部	0591－87536797	
印　　刷	福建东南彩色印刷有限公司	
厂　　址	福州市金山浦上工业区冠浦路 144 号	
开　　本	787 毫米×1092 毫米　1/32	
字　　数	48 千字	
印　　张	5	
版　　次	2024 年 6 月第 1 版	
印　　次	2024 年 6 月第 1 次印刷	
书　　号	ISBN 978-7-5550-3532-9	
定　　价	52.00 元	

如发现印装质量问题,请寄承印厂调换

目　录

巷　　　沈　　　记

宫　　巷　　沈　　记

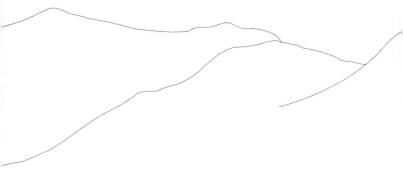

宫巷沈记

一

沈葆桢是在一个车水马龙的下午突然从历史著作之中走出来的，因为一则小小的轶闻。

我是在福州的南后街听到了这一则轶闻。南后街是一条狭窄的老街，绿荫夹道，路面潮湿，卖麦芽糖的吆喝、耍猴的锣声和卤鸭、炒板栗的味道混在一起沿街乱窜。清朝的时候，这是一个繁闹的地带。街边各种风味十足的店铺至今犹存：修藤椅的，补铁锅的，售寿衣的，做花灯的，收购旧书的，裱褙字画的——一个作家告诉我，沈葆桢当年曾经在南后街旁边的宫巷开了一间裱褙字画的小店面，叫作"一笑来"。这个作家甚至记得沈葆桢当年自定的润格，例如写对联兼装潢，价格四百枚；写团扇、折扇小楷，每柄四百枚；行书二百枚，如此等等。"一笑来"是沈葆桢丁忧期间开的，店面即是宫巷十一号沈家大院的西花厅。屈指算来，当时的沈葆桢正在江西巡抚任上。一时之间，我大为惊奇：堂堂巡抚有什么必要仿效潦倒的穷酸文人，依靠卖字挣几文小钱补贴家用？

记不清什么时候开始听到沈葆桢这个名字，他是福州乡亲一直津津乐道的大人物。大清王朝的历史上，福州出过两个名噪一时的大臣：林则徐，沈葆桢；林则徐是沈葆桢的舅舅，沈葆桢是林则徐的乘龙快婿。这种姻亲关系没有多少明显的政治效应，而是给村夫野老提供了种种真伪莫辨的有趣传说。大人物与芸芸众生的差别在于，历史著作成了他们的花名册。往事如烟，一百多年前各种惊心动魄的故事如今只剩下轻飘飘的几张纸，可是，这几张纸上查得到沈葆桢。根据《清史稿》记载，当年曾国藩十分器重沈葆桢，曾经"屡荐其才"，朝廷委任沈葆桢担任江西巡抚时的诏书谓之"德望冠时，才堪应变"。当然，官衔显赫，君王嘉许，这仅仅是一些表面文章，历史学家更乐于逐一历数沈葆桢的诸多功绩。福州乡亲常常温习的篇目是，沈葆桢从左宗棠手里接过福州船政局，赴任船政大臣——造船，招聘外籍技术人员，选拔魏瀚、刘步蟾等一批才俊出洋留学；然后以钦差大臣的身份赴台湾，坚守城池，开山抚番，终于迫使虎视眈眈的日本人最终"遵约撤兵"。如此伟业，周围还能点得出几个人？

然而，我对于沈葆桢官居几品以及各种吓人的头衔提不起兴趣。大清王朝的王侯将相多如过江之鲫，诸多繁琐的官衔淹没了他们庸常的一生。这种大人物通常就是待在历史著作里。历史学家拥有一套臧否人物的标准语言，例如民族大义，江山社稷，千秋功罪，如此等等。这些叙述多半剔去了历史人物的血肉：他们脸上的疣子和老人斑不见了，他们的哮喘、方言腔调和马褂上的污迹不见了，他们的饮食口味或者性行为的特殊嗜好也不见了。载入史册的大人物根据一定的配方制成供人瞻仰的偶像，然后按顺序摆进一个个神龛。如果企图进一步与这些伟大的亡灵促膝晤谈，一起畅怀高吟或者一起长吁短叹，那么，我们的目光必须从堂皇的历史鉴定转向琐碎的日常生活，必须想象他们内心的犹豫、苦恼、矛盾甚至如何愤愤不平地骂娘；这时可能发现，有些小事情的深长意味并不亚于朝廷的加官晋爵或者疆场上斩关夺隘，例如沈家大院。檐角高耸马头墙，宽敞的大门，雕花窗棂，幽深的四进院落和小天井，石铺的过道与两侧的回廊和美人靠——当年，江西巡抚沈葆桢为什么要举债购下这一幢大宅院？

青史留名是众多大人物的向往。人生如同白驹过隙。百年之后亡灵的牌位摆不进历史著作，如何在天地之间证明自己活过这么一遭？相反，没有多少人关心，那些伟大的亡灵会在哪些时刻突如其来地复活，踱出历史著作返回烟火人间。一批秘密情书的问世？一段窘迫的童年曝光？一份记录阴谋的档案解密？几张特殊的相片外泄？总之，种种意外的发现常常扰乱了历史学家的标准语言，从而将这些亡灵一把拽出发黄的书页。

沈葆桢就是因为这一则轶闻。

二

沈家祖籍河南，南宋迁至浙江，清朝雍正年间再度迁至福建的福州。沈葆桢幼时聪慧，十六岁考取秀才，二十岁与老师同榜考中举人，不料随后两度赴京赶考皆落第。二十七岁那一年终于考取进士，与李鸿章同榜。殿试之后入选翰林院任庶吉士。这大约就是仕途的开始了。

学而优则仕，这是当年无数书生的梦想。仕途就是手执权柄。无论是号令天下、威震四方还是挥金如土、杀人如麻，权力的形式千奇百怪。但是，所有的权力共同隐含了巨大快感——主宰他人。强壮的体魄和胳膊上的发达肌肉仅仅是匹夫之勇，一副拳脚又能打开多大的空间？权力是个人能量的正当放大，一个响亮的头衔就可以弹压一大片异己之见。韩信夸口带兵"多多益善"，他的本事无非是利用权力调度许多人的能量。弄权的快感常常令人迷醉，以至于多少人轻易地把一生作为赌注押了上去。秦始皇南巡，威仪堂堂。刘邦感叹"大丈夫当如是"，项羽径直说"彼可取而代之"。狡诈也罢，率真也罢，那么多大人物总是因为权力而骚动不宁，夜不能寐。诸多权力种类之中，国家名义颁发的权力体系架构严密，势力强大，而且具有无可争议的合法性。科举考试开启了书生加入国家权力体系栈道，修成正果的标志是满腹经纶兑换到了顶戴花翎。这就是踌躇满志的时刻了。沈葆桢三十六岁出任江西九江知府。听到了第一声谦恭的"沈大人"，沈葆桢的心里有几分的得意？

　　然而，有些奇怪的是，沈葆桢似乎不太爱惜手中的权柄。孔子说，四十而不惑。可是，四十岁的沈葆桢竟然不知天高地厚。不知是公事的分歧还是私人怨恨，他毫不客气地顶撞了上司，即当时的江西巡抚耆龄。据说此公阴毒刻薄，而且出身满洲正黄旗。这次冲突一个月之后见了分晓：沈葆桢挂冠而去，理由是母亲年迈，必须侍奉左右，数千人的挽留也没有挡住他返回故里的匆匆步履。这或许可以解释为某种文化性格的回光返照：不为五斗米折腰。到了朝廷再度调任他为"吉南赣宁道"时，沈葆桢仍然我行我素，"以亲老辞，未出"。这并非待价而沽，沈葆桢的确想过另一种生活了。田园将芜胡不归？我开始猜想，沈葆桢的内心是不是发生了什么变化。三十岁之前跟随大流博取功名，四十岁之后就必须为自己生活负责了。如果这个年龄的男人仍然浑浑噩噩，大约就得浑浑噩噩一辈子。沈葆桢的后退姿态肯定惊动了皇帝，朝廷干脆任命沈葆桢当江西巡抚。褒扬沈葆桢德才的同时，任命书上还有几句情辞恳切的商量："以其家有老亲，择江西近省授以疆寄，便其迎养"，"如此体恤，如此委任，谅不再以养亲渎请"。这些抚慰终于使沈葆桢回心转意，"葆桢奉诏，感泣赴官"。

这些故事当然可以解读出沈葆桢刚直磊落的性格。然而，这些故事是不是还可以解读出沈葆桢的柔情？福州男人沈葆桢似乎是一个相当恋家的人。他开始从权力的迷魂阵之中突围而出，归返故里是沈葆桢四十岁之后的一个不懈的突围方向。这没有什么可耻。顶天立地或者文韬武略并不影响一个人恋家。古人常说修身齐家治国平天下，治家与治国仿佛如出一辙。可是，沈葆桢肯定感到了二者的不同。国是皇帝老儿的，家是个人的空间。如果皇帝老儿颁布的国策与自己的理想格格不入，不如归隐家园，共享天伦。要么为天下苍生尽力，要么转身回家尽孝，没有必要因为放不下手中的那一些可怜的权力首鼠两端。家是什么？家是双亲的白发，是娇妻稚子，是一个允许蓬头垢面或者睡懒觉、发脾气的处所；人生在世不称意，回首茫茫家何处——那就是双重的悲哀了。沈葆桢肯定明白，不论漂泊何处，身后必须有一个坚固的家。江西巡抚的职位并没有让他得意忘形。购买宫巷十一号沈家大院，无疑是提早为自己的归隐找好一个栖身之所。

家是双亲的白发，是娇妻稚子——沈葆桢的母亲是林则徐的妹妹，他的妻子林普晴是林则徐的女儿。官宦名门如何择婿历来是人们茶余饭后的谈资。据说林则徐出身贫寒，但是一位郑姓知县慧眼识人，毅然把女儿许配给他。当时林则徐不过十来岁，前往鳌峰书院的途中遇到雷雨。他在郑家大门口的屋檐之下躲雨，信手取出老师的文章朗声诵读。郑姓知县闻声出门谈文论道，一眼认定林则徐少年老成前途无量。次日郑家立即托人议亲，林母因为门第卑微而婉拒。郑家再度请人撮合，他们的诚心终于打动了林母。坊间一种说法认为，林则徐的择婿异曲同工。沈葆桢当年是林则徐府中的随从。某一个寒冷的大年三十，林则徐要求沈葆桢誊写一份奏折。沈葆桢不断地哈手取暖，终于工工整整地誊好。林则徐突然说，奏折之中的一句必须改过。沈葆桢二话不说，重新誊写。林则徐暗自颔首，当即挽留沈葆桢过年，并且在大年初一当众宣布沈葆桢将娶走二女儿林普晴。

这种戏剧化的情节估计出自某一个民间文人的虚构。沈葆桢与林普晴是表兄妹，青梅竹马，两小无猜。沈葆桢十三岁定亲，当然，他们的婚事最终的确由林则徐定夺。沈家的清贫可能远甚于当年的林家，但是，林则徐相中了沈葆桢的出众品行。林普晴嫁入清贫的沈家，相夫教子，侍奉公婆，针线女红，勤勉度日。为了凑齐沈葆桢赴京赶考的盘缠，林普晴典当了金镯子，从此改戴一副藤镯。没有她的悉心照料，恐怕也没有沈葆桢日后的发迹。林普晴五十二岁辞世，沈葆桢的挽联悲怆唏嘘："念此生何以酬君，幸死而有知，奉泉下翁姑，依然称意；论全福自应先我，顾事犹未了，看床前儿女，怎不伤心。"

一些历史著作将林普晴列入奇女子，肯定是因为她性格之中的侠气。将门虎女，这种侠气很难从小家碧玉身上发现。沈葆桢任江西广信知府的时候，林普晴曾经伴随左右。一日，沈葆桢出城筹粮，太平天国大军突然袭来。城内的兵卒和衙吏纷纷出逃，林普晴率领残部冒死守城。她刺破手指写了一份血书送给玉山守将饶廷选，既委婉陈辞，又朗声疾呼。饶廷选为之动容，毅然率部飞驰解围。这即是"血书求援，广信解围"的故事。下得了厨房，上得了城墙，通常的女流之辈显然望尘莫及。我猜想，林普晴端庄贤惠和非凡的气度恐怕是沈葆桢恋家的一个重要原因。如果宫巷十一号的女主人面目可憎，性情乖戾，沈葆桢怎么会把回家作为后半辈子如此重要的人生主题？

我同时猜想，沈葆桢恋家的原因肯定不止一个。窗明几净，笔墨纸砚，吟诗品花，倚栏观鱼，"雪天裘被偕朋辈，平地楼台望子孙"，沈家大院寄寓了多少生活情趣？当然，这些猜想很可能遭到鄙夷。铁血男儿，志在四方，雄才大略必须抛开家室的负累，儿女情长哪能有俯视天下的怀抱？所以，古人总是乐于流传种种励志的典故，例如林则徐为沈葆桢改诗。估计是一个如水的秋夜，新月如钩，沈葆桢独酌于庭院。酒酣耳热，傲气顿生："一钩足以明天下，何必清辉满十分"。沈葆桢吟诵再三，顾盼自得，择日将诗句呈送林则徐。林则徐沉吟半晌，提笔将"何必"改为"何况"——"一钩足以明天下，何况清辉满十分"。沈葆桢顿时汗颜。显然，这个故事肯定的是大人物的襟怀志向。天将降大任于斯人，苦其心志，劳其筋骨，而且必须摒弃一己，以天下为己任。"苟利国家生死以，岂因祸福避趋之"，这是林则徐林文忠公的名句。这种观点当然无可非议。可是，天下之大，人各有志，兼济天下是一种志趣，独善其身何尝不是另一种志趣？

三

达则兼济天下，穷则独善其身，许多文人对于这句话耳熟能详。这犹如两种互相补充的生活理想。他们潇洒地往返于庙堂与山林之间，气宇轩昂，进退自如。沧浪之水清兮，可以濯吾缨，沧浪之水浊兮，可以濯吾足。世事无非如此：此处不留爷，自有留爷处。

当然，这仅仅是一厢情愿的想象。中国历史上的大部分文人对于庙堂充满了敬畏。权力崇拜的普遍气氛之中，"独善其身"多少像是一种无奈的下策。因此，无论是隐居于江湖，还是招摇于闹市——无论是柴门草堂，野渡扁舟，还是青楼笙歌，游宴酬酢，这些文人仍然时刻支起耳朵，凝神谛听朝廷的动静。只要君王一声召唤，他们就会抛下手边的一切，飞奔而去。如果朝廷大门紧闭的时间过长，这些不甘寂寞的人就会情不自禁地搔首弄姿，制造些许响声；或者讨一两封名流的引荐信投石问路。当然，这些游戏肯定有些冒险，不小心就会弄巧成拙。当年孟浩然应邀至王维的寓所清谈，碰巧唐玄宗来访。唐玄宗听说过孟浩然的名声，慈祥地下旨召见。孟浩然乐不可支地从藏身的床铺下爬了出来，顾不上拍打身上的灰尘就兴冲冲地吟咏自己的诗作《岁暮归南山》。不幸的是，一个小小的事故发生了。唐玄宗听到了"不才明主弃，多病故人疏"的句子之后恼火地说："卿不求仕，朕未尝弃卿，奈何诬我？"不言而喻，孟浩然的一切机会从此断送。

当然，那么长的历史上不乏几个狂狷之徒。嵇康拒绝出仕而宁可待在茅屋前的柳树下丁丁当当地打铁，奏《广陵散》；陶渊明挂印弃官而去，情愿日复一日悠然地与青山相对而望；李白多喝了些就放肆地发酒疯，"安能摧眉折腰事权贵"，甚至胆大妄为到了吆喝高力士脱靴子——这些目空一切的家伙的确不太把权力放在眼里。然而，他们毕竟没有几个。绝大多数自视甚高的文人雅士面对权力的时候总是毕恭毕敬，诺诺连声。即使郑板桥或者金圣叹这种貌似耿介的家伙也时常卸下面具，动不动就感激涕零地向北叩首而拜。为什么权力场的吸附力如此之大，以至于这些文人无法自持？必须承认，名利或者虚荣不是答案的全部。至少在当时，"忠"是权力崇拜的另一种表述。朝廷、天子至高无上，"忠君"也就是将自己的全部才能奉献给这些权力的象征。朝廷之外不存在清谈国事的沙龙，多嘴多舌很可能惹出杀身灭族之祸。报纸、杂志所形成的公共空间是很久以后的事情了。康有为、梁启超这一代知识分子诞生之前，众多文人只能把一腔的报国激情写成奏折，恭呈圣上。如果这些文字无法叩开朝廷的大门，长吁短叹的内容只能是怀才不遇了。诗书礼易，地理天文，从小积累的学问烂在肚子里，岂不是空活了一辈子？所以，他们只能崇拜权力——只能把自己的生命托付于君王的青睐。

如此看来，沈葆桢多少得算一个异类了。他显然没有李杜的文采，书法亦无法跻身于二王或者颜、柳，另一方面，他官运亨通最终官拜两江总督——然而，沈葆桢屡萌退意。仕途一帆风顺，无数的同僚垂涎三尺啧啧有声，没有人相信他竟然被一袭官袍箍得喘不过气来。沈葆桢推辞过左宗棠的邀请，然后向朝廷"数以病乞退"。为什么他宁可从显赫的位置上退回宫巷十一号的"一笑来"，退回诗文字画的笔墨生涯？或许，在他的心目中，玩弄权术的兴味远不如玩弄辞藻？

四

《清史稿·沈葆桢传》之中，沈葆桢似

乎是一个冷面铁腕的形象。从考取进士到封疆大吏，沈葆桢的人生可以分为如下几个段落：在江西各地任行政官员，多次围剿太平军，大获全胜；返回福州担任船政大臣，创办船政学堂和自己造船；率领舰队赴台湾巡视，迫使日本撤兵继而开发台湾；担任两江总督，整肃吏治，惩盗贼，诛洋人，社会风气为之一变。总之，沈葆桢干练，精明，果决，擅长快刀斩乱麻，雷厉风行。无论从哪一方面看，沈葆桢都称得上功勋卓著。他去世之后，朝廷追赠太子太保衔，入祀贤良祠，谥文肃。

然而，我觉得没那么简单。现在，揣测沈葆桢的性格开始成了我的一个巨大乐趣，我在有限的史料里查找种种异常的蛛丝马迹。例如,《清史稿·沈葆桢传》的字里行间,沈葆桢的高大形象背后似乎拖了一条奇怪的影子。虽然沈葆桢仕途坦荡,可是他动不动就要转身离去,"寻乞归养","以亲病请假省视"。即使两江总督这么一个肥缺,他也要推三阻四地拖拉了五个月才到任。我估计历史上恐怕找不出多少像他这么热衷于辞别官场的官员。仅仅四十五岁那一年,他先后三度辞官归养;四年的两江总督曾经六上辞疏。这时的沈葆桢有些像一个弱不禁风的书生,喋喋不休地乞求放他回家。这是隐藏在功勋卓著背后一个闪烁不定的谜。难道那么多威风的头衔和大权在握的骄傲还是打消不了沈葆桢对于宫巷十一号的思念吗?

当然,这个谜丝毫没有减轻沈葆桢在我

心目中的分量。没有理由狭隘地想象英雄哲学，仿佛他们只能诞生于金戈铁马、慷慨悲歌之间。英雄性格的另一种表现是，敢于坦坦荡荡地独行，不在乎落寞、孤单，也不在乎四周的嘘声以及掷到额上的种种奚落和嘲讽。如此之多的饱学之士飞蛾扑火般地向朝廷蜂拥而去，沈葆桢却只身走出权力体系的后门，悄然而去。这肯定是一个特立独行的人。如果只有他敢于用如此执拗的形式向朝廷表示自己的软弱，我们是不是必须把这种软弱视为强硬的英雄气概？

雕花木门，四进院落，厅堂和庭院，沈葆桢的宫巷十一号内部并没有多少荣华富贵。沈家大院的正厅高悬一副黑金隶书抱柱联："文章华国，诗礼传家。"酒后挥毫泼墨，围炉吟咏诗文，大约这就是沈葆桢的莫大享受了。据说沈葆桢十分热衷于聚集船政局的下属和亲友进行联句游戏，甚至赴台湾巡视的前夕还在广聚诗友，大开吟局。这种游戏有一个特殊的雅号："诗钟"。游戏通常是择出两个平仄不同的"眼字"，众人在限定的时间写出联句，这些"眼字"必须按照指定的顺序嵌入句子。游戏的计时器并非钟表。院子里设一木架，上悬一根细线，细线的底端挂一枚铜钱，铜钱的下方置一铜盘。细线的中央缚一炷点燃的线香。线香烧断细线，铜钱当地一声落入铜盘——时限已到，这是诗的钟声。某一次游戏以"白"和"南"为"眼字"，定为第七唱。沈葆桢当时苦思不得，以至于整夜辗转不寐。挨到五更时分雄鸡报晓，沈葆桢豁然顿悟："一声天为晨鸡白，万里秋随别雁南。"一个重权在握的船政大臣竟夜沉溺于字雕句琢，那的确是真心的喜爱了。

李鸿章曾经批评"中国士夫沉浸于章句小楷之积习"，愚蠢地将船坚炮利视为种种"奇技淫巧"。他是洋务运动的首领之一，主张大胆"学习外国利器"。沈葆桢显然是李鸿章的同道。他肯定感受到了历史的巨大震颤。铁路，电报，信局；蒸汽机装配出另一个世界，洋枪洋炮正在重绘世界地图。如此多事之秋，吟风弄月的平平仄仄还有多少分量？如果用满腹的才华侍弄这等雕虫小技，简直是投错了胎。孔子说诗可以兴观群怨，"迩之事父，远之事君"。可是，守住国门和家门的肯定是舰队和炮台。建造兵舰，筹集海防经费，选派资质优秀的年轻人远赴欧洲"究其造船之方"，沈葆桢对于天下大势了然于胸。诗文、书法仅仅是一己之好，沈葆桢决不会自以为是地夸耀为济世匡时之策。他自己为之开出的价格无非二百枚或者四百枚而已。

奇怪的是，沈葆桢情愿因为二百枚或者四百枚而放弃多少人梦寐以求的顶戴花翎。躲进小楼成一统，管他冬夏与春秋。只要朝廷允许，沈葆桢的绿呢大轿就会一次又一次风尘仆仆地返回宫巷十一号，如同谢绝尘嚣返回内心。朝廷门外集聚了那么多如饥似渴的候选者，然而，这个重权在握的幸运儿为什么不愿意充当一颗坚固的螺丝钉，紧紧地拧在庞大的权力机器内部？

五

现今最为常见的沈葆桢肖像是一张一八七四年的相片，据说由法国人贝托摄于台湾。相片上的沈葆桢官服翎帽，神情冷峻地目视前方。见过这张相片的人多半会觉得，这不是一个随和而温顺的性格。很难想象相片上的沈葆桢会咧嘴一笑。或许，沈葆桢的书法可以视为一个佐证。意在笔先，书为心声。有人用"骨气雄劲"形容沈葆桢的行草，我觉得不算过誉。然而，我感兴趣的是，沈葆桢的笔迹之间可以察觉某些特殊的格调：有些倔，有些拗，有些涩，总之不像是飞流直下、快马入阵那么痛快酣畅。笔迹的精神分析学可能提供各种有趣的结论，我相信沈葆桢的性格报告肯定不是那么简单。

倔，拗，涩，这必然表现于沈葆桢的待人接物。沈葆桢与李鸿章曾经共同师从孙渠田。尽管李鸿章是一个不驯的角色，招惹了一大堆政敌，但是，他执弟子礼甚恭，从来不忘赔笑和打躬作揖；相反，沈葆桢经常冷着一张脸，言辞不逊。既然老先生的学识不足以服人，何必虚伪地维护那些繁文缛节？沈葆桢甚至放肆地在老先生的批语之后另加长批予以反驳，以至于气得他辞馆而归。所以，日后江南的坊间有"李文忠有礼，沈文肃无情"之说。

这种性格似乎不太像福州人。福州是一块不大的盆地，四面都望得见起伏的钢蓝色山脉。一条波光粼粼的大江穿城而过，城区四十多条内河蜿蜒交错。这里空气湿润，微风习习，暖烘烘的阳光之下，繁茂的树木四季不枯。夕阳西下，开元寺的晚钟响起的时候，温一壶老酒，调一碟螃蜞酱，煎一盘咸带鱼，两碗冒尖的地瓜干饭，这就是惬意的小日子了。福州人的宴席之上汤汤水水甚多，传说多喝汤的人讲究情义。大致上这里的居民通情达理，性格温和，似乎有些智者乐水的意味。沈葆桢幼时胆怯柔弱，夜色之中倏忽的飞鸟或者瓦顶上野猫的嚎叫常常把他吓得尖声惊呼，甚至大病一场。一个十六岁的秀才、二十岁的举人如何扶摇直上，成为朝廷如此器重的封疆大吏，这是历史学家的话题；我感兴趣的是，这个胆怯柔弱的少年如何成为一个令人生畏的角色，甚至连曾国藩、左宗棠这些大人物也不得不忌惮几分？

曾国藩、左宗棠皆为湖南籍人士。湖南人刚烈霸道、勇悍固执享有盛名。沈葆桢竟然先后与二人争执，寸土不让。这不仅由于梗直，而且明目张胆地冷傲——曾国藩与左宗棠都曾有恩于沈葆桢。沈葆桢曾经居于曾国藩帐下。由于曾国藩的再三力荐，他终于脱颖而出。可是，日后曾国藩率部于江宁酣战之际，沈葆桢扣下了江西的饷银，拒绝拨给曾国藩部下。他自恃一身清白，根本不在乎曾国藩上书朝廷告状。得罪就得罪了，大英雄没有必要动辄就回望来路，谁是先师谁是伯乐罗列一大串烦琐的谢恩名单。对于沈葆桢而言，故人的恩情又有多少斤两？左宗棠曾经三顾宫巷十一号，认定沈葆桢是船政大臣的不二人选。高山流水，乱世知己；"人生得一知己足矣"——甚至连鲁迅这种尖利的性格也有心肠一热的时候。然而，沈葆桢似乎不太念叨这种人情世故。左宗棠转战西北边塞，很快因为清朝的军事战略布局与李鸿章产生了重大分歧。左宗棠驰书沈葆桢，期望有南北呼应之势；不料沈葆桢竟然转身与李鸿章同气连枝。这一段历史公案孰是孰非如今已经不重要，重要的是左宗棠三邀沈葆桢令人想到了刘皇叔"三顾茅庐"请诸葛亮。诸葛亮长期隐居山野，无心染指政事。然而，一旦诸葛亮答应出山辅佐刘备，那么，一诺千金，呕心沥血，"鞠躬尽瘁，死而后已"，即使扶不起的阿斗也要扶。相形之下，沈葆桢似乎缺少这种侠义性格，才高八斗或者学富五车也不足以令人景仰。的确，这种比较让福州乡亲的脸上有些发烧。

然而，现在我觉得，可能是我们想错了。沈葆桢的心目中，种种权力场上的交易谈不上多么珍贵。无论是所谓的人脉关系还是时髦的"团队精神"，权力体系的特征即是编织出复杂网络。权力是一种能量的集聚，因而必须是诸多部门的彼此合作，前后呼应——《孙子兵法》曰：击首则尾应，击尾则首应，击其身则首尾相应。权力场上的单枪匹马是走不远的。大权在手无非是占据了这个网络的核心位置罢了。然而，对于一个时刻企图挣脱权力重轭的人来说，维持权力网络的稳定和平衡显然是一种累人的负担。沈葆桢决不肯谦卑地低下头来，因为飞短流长或者左右掣肘而向别人作揖。许多人觉得沈葆桢为人峻急，独断专行，常常冒犯同僚；我宁可认为沈葆桢已经没有兴趣揣摩权力场上的形势，得失无不坦然。数十年的官场风云，谁都明白有理有节的分寸在哪里。手下养了一批刀笔吏，公文奏折之中哪儿慷慨激昂，哪儿旁敲侧击，这等文字功夫早就历练到家。然而，沈葆桢常常无所顾忌地直陈己见，不在乎各种俗世的恩怨羁绊。出于公心，纵是谬见亦坦荡磊落。这是一个显而易见的例子：尽管李鸿章的好话声犹在耳，沈葆桢已经与乃兄李瀚章争执起来了——因为淮盐的销售。

"无欲则刚。"这个句子出自林则徐的一副著名的对联。我觉得，如果用这个句子形容沈葆桢，庶几近之。

六

当年的船政局设立于福州的马尾。一条大江千回百转奔涌而至，俯伏于船政局的脚下注入万顷东海。天阔水远，心事浩茫，沈葆桢曾经在船政局的仪门上题写了一联：

以一篑为始基，从古天下无难事；

致九译之新法，于今中国有圣人。

显然，这副对联的作者心很大，以至于福州这个小小的盆地根本盛不下。沈葆桢破门而出，纵横山南水北，最终留芳于史册。入驻船政局担任船政大臣的时候，沈葆桢已是壮年。海天苍苍，两鬓如霜，他一定有过如此的感叹——天下能有几个人像他那样如愿以偿？

六十岁的时候，沈葆桢病殁于两江总督的任上。这没什么可说的。人生自古谁无死？手握重权亦无济于事。即使手里的权力撬得动历史，他们也无法给自己多安排一天。无数的宏图伟业，终究无非一抔黄土。可是，沈葆桢还是心存遗憾：他还是来不及返回福州，返回宫巷十一号沈家大院。戎马倥偬，一个又一个头衔从天而降，沈葆桢的一辈子过得紧凑而高昂。可是，称心如意的日子在哪里？春花秋月，颐养天年，含饴弄孙，寿终正寝——哪怕卸任之后有几天也好。

许多出将入相的大人物常常不堪卸任之后的尴尬日子。两股战战，丫鬟搀扶到园子里散步；招呼三妻四妾推几圈麻将，或者叫一台戏班子到家里吹拉弹唱，这些都排遣不了寂寥和失意。权力场上的一声咳嗽都能传颂百里，现在的雷霆之怒只能吓得住几个家仆。偶尔也有几个昔日的门生在厅堂里慷慨激昂，长吁短叹，以至于忍不住又开始连咳带喘地指点江山。但是，这种聚会后患无穷。如果哪一个好事之徒奏上一本，很可能祸起萧墙，顷刻陷于灭顶之灾。总之，甩出了权力场犹如一只游荡于蛛网之外的光秃秃的老蜘蛛，只有回忆才是唯一的安慰。

可是，身在两江总督任上的沈葆桢却时刻南望宫巷十一号，祈盼尽早脱身。诗书蒙灰，笔枯砚凝，窗下秋菊无人赏，何况一对新燕绕梁飞——胡不归？三十功名尘与土，八千里路云和月，白了少年头，多病之躯已经再三发出警告——胡不归？沈葆桢入朝觐见慈禧太后，祈求告老还乡。然而，慈禧不准。"皇太后温谕勉以共济时艰，毋萌退志"。人在朝廷，身不由己。手里的权柄甩不开，抛不得。于是，沈葆桢"自此遂不言病"。

衰朽残年，来日无多。沈葆桢有没有后悔的一刻？身心俱疲。当一个逍遥文人，放浪形骸，这个愿望此生只能是南柯一梦了。江宁阴风袭人，哮喘，腰痛，刚刚入秋沈葆桢就披上了裘衣。这个时刻，手执权柄的生活会不会突然丧失了切肤的真实感？空洞的头衔，奏折上的公文，幕僚们闪烁的眼神，这就是日复一日不变的日程。各种军机大事，无非是纸面上的几行套话和官防印章。相反，只有病痛蛇一般地愈缠愈紧。病痛最能消磨一个人的志气。权倾天下，威风八面，这有什么用？一场高烧或者数日的疟疾就可以噬穿那一副貌似强大的躯体。日暮时分，愁绪如织，沈葆桢是不是在一阵止不住的咳嗽之中突然看破了世情？也许，一切都没有发生——沈葆桢甚至没有精力总结自己的一生了。"共济时艰"是一个重托，沈葆桢必须投入全部的剩余精力。弥留之际，他的遗疏仍然在兢兢业业地谈论如何抵御倭人，如何购买铁甲船。殷殷老臣，拳拳之心，这就是沈葆桢与嵇康们的不同了。

殷殷老臣，拳拳之心，这是尽职，还是尽忠？沈葆桢写给慈禧太后的遗疏之中喟然一叹："志事未竟，中道溘然。"然而，令人奇怪的是，沈葆桢留给家人的遗嘱并不愿意子孙继承未竟之业："我除住屋外无一亩一椽遗产，汝等须各自谋生。究竟笔墨是稳善生涯，勿嫌其淡。"沈氏后人之中，能文善书者远多于朝廷命官，精通书法的名家尤多。历来只有文人嫌弃自己寒酸，罕见达官贵人阻止自己的子嗣从政。我终于忍不住这种猜测：至少在内心，两江总督沈葆桢是否对于他始终供职的朝廷并不那么信任？

当然，另一些时候，我的怀疑又会转向自己——我会不会正在虚构另一个沈葆桢，或者自以为是地强作解人？一个细雨霏霏的日子，我又一次踏入宫巷十一号沈葆桢大院。雕梁画栋犹在，然而朱颜斑驳，物是人非。雨水从瓦檐边沿一滴一滴悠然地落到天井，仿佛这么多年从未间断。哪一根柱子或者哪一扇窗户聚敛了沈葆桢的气息？一声长叹绕梁，老屋不语。当年沈葆桢的灵柩回籍之后，葬于福州城西梅亭村火烽山南麓。坟墓呈如意形，一面花岗岩墓碑。许多故事严严实实地埋在墓碑的背后，永久地销声匿迹。我猜想，历史著作也不会提供多少令人信服的答案。病痛的折磨，抑郁难平的豪气，归乡的春梦，妙手偶得佳句的狂喜，援笔疾书的气韵——这一切都不会记入历史。然而，我所要说的恰恰是历史之外的沈葆桢。

四十六岁那一年，沈葆桢因为母亲去世

而匆匆从江西任上回籍丁忧。这仿佛是他生活之中一个奇怪的间隙，容许我随心所欲地增添各种情节和场面。不过，每一次虚构或者想象总是这么开始——只能这么开始：夕阳西下，福州南后街绿荫之间叽叽喳喳的归鸟聒噪成一片；这时沈葆桢缓步踱入宫巷那一间狭窄而杂乱的"一笑来"。长长的书案上已经铺好宣纸。他挽起袖子，研墨，提笔凝神。片刻之后一笔落下，宣纸上墨迹四溅，整条宫巷有淡淡的墨香弥散。

戊 戌 年 的 铡 刀

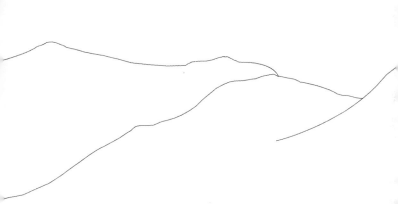

戊戌年的铡刀

一

很长一段时间，我不断想象一把锋利的铡刀。用力掀起刀把，锈住的刀轴咯咯地响，刀刃阴冷灼亮如同一道阴鸷的眼神。我一直以为，这把铡刀肯定在戊戌年的九月二十八日安放在北京城宣武门外菜市口的刑场上。现在看来，这种想象似乎存在疑点。

戊戌年的九月二十八日是慈禧太后诛杀戊戌六君子的日子。手执长枪的清兵将刑场密密匝匝地围住，几辆囚车辚辚地推过来了。披头散发的六君子身负枷锁，蹒跚地从囚车上鱼贯而下：谭嗣同，杨锐，刘光第，杨深秀，康有为的弟弟康广仁，最为年轻的是福州乡亲林旭——他当时才二十三岁。

北京城宣武门外的菜市口是一个很有历史的刑场。据说城门的吊桥西侧曾立一石碣，上刻"后悔迟"三字。这个丁字路口杀过文天祥，杀过袁崇焕，现在轮到六君子了。古代的刑场多半设立在闹市，行刑是一个动人心魄的景观。菜市口的监斩席通常设在老药铺鹤年堂。午时三刻，监斩官朱笔一勾，大喝一声："斩讫报来！"跪伏在地的犯人辫子被紧紧拽住，脖子伸得又直又细，刽子手的刀光在正午的阳光下一闪，一颗人头骨碌碌地滚在地上，胸腔里的热血呼地喷出三尺之外。铺子里、茶楼上以及刑场四周的人群纷纷喝彩，一缕幽魂在众声吆喝之中一溜烟地蹿到天上去。有时刽子手功夫不到家，一刀斩在犯人的肩背上，一时死不了，嚎叫挣扎，人群里旁观的亲属泪如泉涌又噤不敢言。

戊戌年九月二十八日，菜市口人头攒动，诛杀六君子无疑是一个震撼朝野的大事件。公车上书。戊戌变法。康有为振臂疾呼。一百零三天的紧锣密鼓。然而，历史仅仅是小小地拐了一个弯就回到了旧辙。帝党失败，光绪皇帝被囚。这一场事变既有天下大势，匹夫踊跃，也有宫廷政治，骨肉相残。总之，谭嗣同等六君子被杀是慈禧太后为这个历史事件划下的一个血腥的句号。由于震怒和恐惧，慈禧甚至没有心情详细审讯就下令杀人。九月二十八日上午，狱卒将六君子押出监狱推上囚车。囚车从西门出来，熟知刑部规矩的刘光第心知不妙。到了菜市口刑场，他大声质问监斩官刚毅：还没有审讯，怎么能判死刑？监斩官喝令刘光第跪下，刘光第倔强地挺直身子：即使盗贼刑场上喊冤，也应该复审。杀我们这些人算不了什么，这么做置国家体制于何地？监斩官不耐烦地回答：我只是奉命监斩，其他的事管不了！

一个世纪之后，还是有人对于刘光第略有微辞。他们认为，刘光第不断地左顾右盼，犹豫骑墙，缺少拍案而起的气概——一直到最后的时刻才真正豁出命来。这就不如谭嗣同了。谭嗣同始终是一个侠气十足的革命家，没有丝毫迟疑的时刻。形势危急的时候，梁启超劝他一起出走日本，谭嗣同决心以死"酬圣主"。他的名言是："各国变法，无不从流血而成。今中国未闻有因变法而流血者，此所以不昌也。有之，请自嗣同始。"清兵围住寓所，一批武功高超的侠客愿意挥刀相救，谭嗣同拱手谢绝。身陷牢狱，他的激越诗句墨迹飞溅地破壁而出："我自横刀向天笑，去留肝胆两昆仑。"临刑之前，谭嗣同还在菜市口朗声大呼："有心杀贼，无力回天，死得其所，快哉快哉！"的确，谭嗣同铭记在历史上的形象就是一个天神般的大英雄。

是不是因为谭嗣同的形象过于夺目，以至于六君子的其他人常常缩到了历史的暗影里？例如林旭。光绪被囚之前写了两封惊慌失措的密诏给康有为，最后都由林旭转交。他显然明白自己的处境，也想得到闽地多山——一间茅屋两丘水田就足以隐身避祸。然而，林旭没有离开北京城，而是坦然地将菜市口作为自己的归宿。据说他在临刑前曾经仰天长啸"君子死，正义尽"，可惜多数历史著作并没有记载。

当然，在福州乡亲的传说之中，林旭的形象就清晰了许多。人们传说林旭在京城被腰斩，一刀两断的尸体就缝合之后千里迢迢地运回。按照福州的风俗，这种尸体回不了家。林旭的棺柩只得寄存在福州东郊金鸡山的地藏寺，众多僧人日夜诵经超度。尽管如此，一些慈禧的拥戴者仍然恨得咬牙切齿。他们涌入寺庙，用烧红的铁钎捅穿棺材，戮尸泄恨。历史上的维新变法层出不穷，思想家的大部头论著或者众多签名的万言书宏论滔滔。但是，只有看到了隐在幕后的策划、告密，惊慌的眼神，围捕时的刀枪，酷刑和哀号，看到秘密的奔走打点、未遂的劫狱计划、亲友的回避与退缩和鞭尸还不足解恨的怒气，人们才能想象得出历史是由什么构成的。

福州乡亲的传说似乎有根有据，但是，一份史料使我对"腰斩"一说产生了怀疑。春秋战国的时候已经有腰斩的记载。当时是将囚犯按在木砧上，挥起斧头砍成上下两段。将木砧和斧头联结为铡刀，大约已经到了汉代。据说李斯是第一个享受腰斩的名人。至于金圣叹是否被腰斩，这是一个有争议的悬案。一些记载认为，金圣叹腰斩《水浒》遭到了报应，自己也拦腰吃了一刀。这个玩世不恭的家伙临刑前还招招手叫过刽子手传授一个秘密：盐菜与黄豆一起吃，嘴里有核桃的滋味。另一些记载说，金圣叹在刑场上得意洋洋地说：砍头是一件至为疼痛的事情，我竟然无意得之，"不亦异乎？"——这么说来，他是被斩首了。清朝有一个主考官舞弊被判腰斩。据说他的上半截躯体痉挛地趴在地上，蘸着自己的血写了十三个"惨"字才死去，雍正因此废了这种死刑。既然如此，林旭似乎不可能死在铡刀之下。

考证菜市口铡刀的存在与否耗费了我不少精力，最终还是不了了之。一个人告诉我，当时的报纸用了"斩决并枭首示众"的字句，我就知难而退了。我经常使用"历史"这个字眼，但是并不喜欢蚯蚓似的在史料堆里钻来钻去。我对于历史的感叹，不是因为一个个具体的事例，而是总体的庞大与神秘。凡人与历史对弈，常常遭到莫名其妙的捉弄。一个人的命运是自己的能力乘以一个巨大的历史未知数，得数也是未知的。如果明白这一点，当初的林旭还会那么兴冲冲地赶到北京去吗？

戊戌年的京城报纸不一定到得了福州，腰斩或许是以讹传讹——当然也可能是别有用心的谣言。肯定有人会在这种残酷的谣言之中得到某种秘密的快慰。相对地说，后面这一则小消息不至于有什么误差：林旭的妻子沈鹊应写下了一副挽联之后服毒自尽。挽联曰：

　　伊何人，我何人，只凭六礼传成，
　惹得今朝烦恼；

生不见，死不见，但愿三生有幸，再
结来世姻缘。

二

林旭有诗名，被视为"同光体"的闽派
代表人物之一，存有《晚翠轩诗集》。林旭
的不少诗友认为，他有宋诗遗风，有时未免
艰涩了一些。奇怪的是，我更多地读到的是
开朗和明白畅达，例如"落香不见花，暗里
勾我诗。风浪一回首，既往亦勿思"；一些
抒发胸臆的诗也是如此——"愿使江涛荡寇
仇，啾啾故鬼哭荒丘。新仇旧恨相随续，举
目真看麋鹿游"。这不是怀疑林旭的文采。
我隐约地感到，林旭似乎没有将太多的精力
放在字雕句琢之上，他的心思很大。相对地

说，沈鹊应的诗词倒是精致。她的《崦楼遗稿》附于《晚翠轩诗集》之后。一首悲悼林旭的《浪淘沙》，既刚烈又哀婉："报国志难酬，碧血谁收？箧中遗稿自千秋。肠断招魂魂不到，云暗江头。绣佛旧妆楼，我已君休，万千遗恨更何尤！拼得眼中无尽泪，共水长流。"

我猜想，沈鹊应的父亲沈瑜庆就是看上了林旭隐藏在笔墨之间的雄心大志，至于文章辞句还不是那么重要。他想为沈家找的女婿恐怕不仅仅是一个普通文人。

的确，林旭与沈鹊应的姻缘如同古代戏文里的传奇。

林旭出身贫寒。祖父中过举人，曾在安徽任县令；父亲不过一个秀才，收入微薄。更为糟糕的是，林旭的父母早早就过世了，他的生活是由叔叔接济。所谓"家贫子读书"，用功是贫寒子弟的共同特征。然而，微末的出身并没有局限林旭的开阔视野，这个穷小子胸中大气磅礴。这一切肯定会体现为奔放的少年文章。林旭被送进私塾读书，常常出语惊人，并且被目为"神童"。

恐怕谁也没有料到，林旭的小小名气竟然惊动了沈瑜庆。沈瑜庆是清朝重臣沈葆桢的四子。沈葆桢病殁于两江总督的职位上。朝廷念他功勋卓著，赏沈瑜庆为候补主事。不久之后，由沈葆桢的老友李鸿章推荐，沈瑜庆到南京的江南水师学堂任职。这一年春天沈瑜庆回福州扫墓省亲，顺便到林旭的私塾老师那儿串门，读到林旭的一些诗文，不禁击节称赏。也许是蓄谋多时，也许是灵机一动，总之，沈瑜庆当即决定将大女儿沈鹊应嫁给林旭。沈瑜庆当然没有乃父沈葆桢的雄才大略，但是，他自信鉴定一个毛头小伙子的资质还不至于看走了眼。不知是事后的杜撰还是确有其事——据说当时就有人悄悄地议论，林旭有短命之相。沈瑜庆的确也犹豫了一下，然而，爱才之心终究占据了上风。我特地找到一张林旭的相片研究了一阵：一个浓眉大眼的英俊少年身着棉袍站在墙根。个子是矮了些，但这与短命不短命毫不相干。

《崦楼遗稿》可以证明，沈鹊应是一个才女。她肯定有自己的主张和心思。不过，没有听说她有什么特别的表示。她是这一场婚姻的主角，但不是故事的主角。婚姻大事由父亲决定，女儿只有执行权而没有发言权。

一个县令的孙子娶到了两江总督的孙女，林旭的确高攀了。如此奇异的运气简直有些不真实。只不过会诌几句诗文的寒酸书生进入名门望族的深宅大院做女婿，林旭有些什么感想？兢兢业业大约是起码的标准。他跟随沈瑜庆到了南京，不久之后又前往武昌。林旭很快做出了证明：沈瑜庆并没有看错人。他在沈瑜庆身边两年之后回乡应试，先是考取秀才，随后又高中举人第一名。林旭迅速进入了众多名流的社交圈子，福州的小巷子和私塾院落里子曰诗云的琅琅书声一下子退得很远了。可以想象，林旭肯定不是一个猥琐的小男人，高攀之后立即装出仰人鼻息的奴才相，口口声声只有沈家。但是，他一定时常惦记着沈瑜庆知遇之恩。必要的时候，他愿意舍命报答。

超出常人的才智，愿意舍命报答的心劲，林旭比很多人走得快。当时没有任何人料想得到，林旭脚下这条路的尽头竟然是宣武门外的菜市口。菜市口的利刃截断了二十三岁的匆匆步履，至今人们还是长吁短叹天道不公。堂堂正正的历史著作一般不纠缠怪力乱神这些无稽之谈，但是，我还是忍不住躲在历史之外感叹一个人命运莫测。有些时候，太好的运气的确令人不安，特别是少年得志。小时了了，大未必佳，太早将一生的福分挥霍殆尽，接下来是不是就要厄运当头了？

三

梁启超曾经为戊戌六君子作传，传记之中如此形容林旭："……自童龀颖绝秀出，负意气，天才特达，如竹箭标举，干云而上。冠岁，乡试冠全省，读其文奥雅奇伟，莫不惊之，长老名宿，皆与折节为忘年交。故所友皆一时闻人。其于诗词骈散文皆天授，文如汉、魏人，诗如宋人，波澜老成，瑰奥深秾，流行京师，名动一时……"

戊戌变法失败之后六君子被杀，骨干分子梁启超却亡命日本。有人分析，梁启超心里多少有些抱愧，因此，他的六君子传多有溢美之词——这大约是一种聊以自慰的补偿。当然，梁启超对于林旭的赞誉算不上夸张，可是，他隐去了某些重要的情节。林旭高中举人的第二年进京会试，竟然名落孙山；次年再考，又一次落第。这的确有些丢人。于是，林旭干脆留在京城，捐了一个内阁候补中书。如果说，林旭考取了什么状元榜眼探花，日后封了一个什么官，他会不会从另一条歧路平步青云，从而避开了菜市口的杀身之祸？

梁启超在戊戌六君子传之中说，他始终把林旭当成了弟弟——林旭小一岁。林旭素来喜好吟诗作赋，他曾经做出了诚恳的规劝："词章乃娱魂调性之具，偶一为之可也。若以为业，则玩物丧志，与声色之累无异。方今世变日亟，以君之才，岂可溺于是。"

这似乎是夺人所爱，然而，林旭听进去了。他断然戒诗，转身跟随康有为，"治义理经世之学"。如果说，林旭专攻词章之学，哪怕成为游历边塞、出入青楼的浪荡文人，是不是反而有机会尽享天年？

这些可能性仅仅是臆想和感慨的材料，历史只能吝啬地拣出一种可能给予实现。历史分配给林旭的角色是，投入康有为的阵营，成为维新的活跃分子。当然，林旭欣然接受。戊戌年的六月份，光绪皇帝召见名声在外的康有为，晤谈十分投机；八月末，林旭也得到召见。光绪皇帝肯定相当欣赏这个锋芒毕露的小伙子。没过几天，林旭和杨锐、刘光第、谭嗣同一起被授予四品卿衔，担任军机处章京。至少在当时，林旭的内心一定涌出一阵春风得意的自豪。多少人二十三岁的时候就能得到皇帝的垂顾，神色昂然地穿梭在众多朝廷重臣之间？深夜扪心，林旭或许还记得起遥远的福州——东海之滨的一片孤城，一个寄人篱下的孤儿就一盏孤灯苦读不已。满腹经纶，道德文章，一切不就是为了这一天？林旭当然可能意识到，政治是一个危机四伏的是非之地，刀斧手随时都隐藏在大帐背后待命。尽管如此，他还是有些大意，没有仔细地盘算好撤退的路径，因为他是替皇帝效力——难道皇帝还算不上一个令人放心的保护伞吗？

林旭很快就成为光绪皇帝的心腹。这肯定是因为他的不凡见识。光绪第一次召见林旭的时候，他们之间的交谈几乎无法进行。

林旭从小生长在温润的福州盆地。无论是买米、招呼邻居还是在私塾老师那里朗读"人之初"，一律用的是福州方言。福州方言音韵丰富，古意悠悠，一些老先生伸长脖子吟诵唐诗宋词，摇头晃脑令人神往。如果不是跟随沈瑜庆离开福州，林旭很可能根本没有意识到还有另一套所谓的"官话"。从南京到北京几年的工夫，林旭的官话好不到哪里。那一天召见的时候光绪皇帝满口京片子，林旭答得磕磕巴巴，许多话根本无法听懂。光绪皇帝皱了一阵眉头突然灵机一动，吩咐太监摆上笔墨。每当林旭的福州式官话荒腔走板得太厉害，光绪皇帝就命他将奏对之言写在纸上。往后的日子里，笔墨的辅助竟然成为他们君臣对话的基本模式。如果不是得到光绪的特殊器重，如此费神的交谈不可能再有第二次。

林旭频频进宫的另一个重要原因是，他成了光绪与康有为之间的使者。康有为的激进思想引起许多大臣的忌恨。为了掩人耳目，光绪皇帝不再召见他而命林旭传话。那一天光绪正在与林旭促膝密议，小方桌上照例放置一副笔墨和一叠纸。太监突然报告慈禧太后从颐和园返回宫中，现在已经抵达宫门。突如其来的造访引起了一片惊慌，脸色苍白的光绪急忙起身相迎。林旭手忙脚乱地收拾桌上的纸片，匆匆登轿而去。如同鬼使神差似的，林旭的一张纸片不慎遗落在宫里，竟然被李莲英的亲信拾到，上面写的恰恰是康有为的一系列密谋。于是，"新党死机，遂定于此矣"。某些关键时刻，历史的重量的确只像薄薄的一张纸，轻轻一翻就过去了。

戊戌六君子想必是一个事后的命名。这几个人共同倾向于维新变法，但并非一个坚定的小团体，信仰一致，并且明确地约定时刻共进退。例如，康广仁多半是一个不明就里的屈死鬼——因为康有为出逃而揪住他顶账。据说康广仁平时常常奉劝康有为不要惹祸，充当了替罪羊之后痛悔不已。他在狱中急得以头撞壁，啼哭不止。六君子之中他第一个行刑就戮，因为刀钝而砍了好几下才死，挣扎得衣裤全都撕裂了。杨锐来自张之洞派系，事态紧急的时候有些不知所措。光绪皇帝给康有为的第一道求救密诏在他那里压了几天才转手由林旭递交。总之，种种迹象表明，林旭完全可能在乱哄哄的局势里找到一个机会出走。山高皇帝远，保得下一条命还有许多事情可以做。然而，林旭留下来了。

的确，林旭不如谭嗣同那么壮烈，然而，这仅仅是一个二十三岁的年轻人。所有的历史人物都是凝固的前辈，以至于人们不再设身处地地想象他们的真实年龄。回到二十三岁的时候，我们做出了什么吗？胡子茬刚刚开始发硬，揣一张学历证书四处求职，空闲的时刻给女友发几则不咸不淡的短信，然后呆头呆脑地坐在沙发上看周杰伦演唱和超级女声。二十三岁的林旭有胸襟，有抱负，诗文行世，遐迩闻名，然后又转身在政治领域经历了一番惊天动地的大事。短命则短命矣，然而还是比许多凡夫俗子多活出好几辈子。也许，做出了什么并没有那么重要，重要的是二十三岁时已经有了不凡的定力：得意的时候没有轻狂之态，事到临头不会惊慌失措。许多人一直到耄耋之年还无法做到这一点。有人传说，林旭被捕之前曾经到一个传教士那里哭诉。即使这是事实，林旭的名声仍然毫发无损。一根手指头放在菜刀之下，多数人已经开始全身战栗；一颗头颅即将落地，瞬间的迷乱又算什么？几天之后，人们在监狱里看到林旭时，他已经镇静如常。这个浓眉大眼的小个子"秀美如处子"，脸上时时浮出安详的微笑。这时的林旭已经成长为真正的大英雄。人生的全部账目盘点清楚之后，这个二十三岁的年轻人正在铁窗下心若止水地等待最后的结局。

四

我开始意识到，我的叙述似乎过多地聚焦于琐碎的细节，例如菜市口的铡刀，谭嗣同的神态，林旭的诗风，沈家择婿的来龙去脉或者慈禧太后的神出鬼没……这是文学而不是历史。历史叙述的是巨型景观，只有文学才会没有出息地打扫细节。历史的关键词是江山社稷，改朝换代，社会体制，至于个别人物的人格、相貌、饮食癖好、爱情史、开始长出白头发的年龄、开朗爽快还是优柔寡断——这些都是上不了台面的小玩意儿。一个人的名字组织到历史著作之中，这只能因为他在巨型景观之中的位置而不是缠绕在身后的家长里短。

既然如此，我没有必要挖空心思地还原林旭生活在北京的每一个日子，考虑他如何捱过大雪纷飞的冬天，或者会不会思念福州的螃蟹、海蛎和清香扑鼻的鱼丸？掠开种种日常的碎屑之后我突然发现，一个尖锐的问题如同一柄匕首刺穿了我的稿纸——林旭能不能算死得其所？

　　如同谭嗣同的"酬圣主"，林旭也在狱中写下了"慷慨难酬国士恩"的诗句。国士者，光绪皇帝的暗喻。换一句话说，林旭的短暂一生仍然是殉了光绪皇帝，殉了古老的大清王朝。林旭殉难的姿态如此壮烈，以至于我几乎不忍心这么想：如果林旭多活三四十年，他会不会另有选择？陈独秀仅仅比林旭小四岁，鲁迅仅仅比林旭小六岁，但是，他们已经是另一类型完全不同的现代知识分子了。

从福州的私塾到康有为的义理经世之学，二十三岁的林旭可能无法想象现代知识分子形象。现代知识分子活动的公共领域时常由报刊组成。陈独秀活在《新青年》之中，鲁迅活在《新青年》《东方杂志》《晨报副刊》《小说月报》和《语丝》之中，林旭则活在军机处的公文之中。他在军机处"陈奏甚多"，有时代拟"上谕"，内容广泛涉及废八股，改科举，设学堂，习西学，奖励发明创造，提倡创办报刊，鼓励开采矿产，修建铁路。的确，林旭就是大清王朝末代的杰出公务员，呕心沥血，恪尽职守。也许他已经看不上吟风弄月、平平仄仄那些雕虫小技了。林旭去世之后数年，放在一个箧子之中的《晚翠轩诗集》才由一个挚友偶然发现。林旭生前肯定想不到，他所草拟的那些公文只能埋在一大堆清史的档案资料里，现今人们愿意读一读的仍然是他的诗句。

这是在奚落林旭的短视吗？——不，这是慨叹历史的神秘。众多的凡人忙忙碌碌，奔走操劳，吃过了上一顿就要考虑下一顿。他们只识得脾性、相貌、酸甜的饮食或者厚薄的衣履这些日常景象，不明白那个包容一切的历史将要驶向何方。尼采摆出一副先知的姿态宣布"上帝已死"，马克思激情澎湃地号召全世界无产者联合起来，还有一些小理论家也竞相发表各种有趣的结论，譬如说第三次浪潮已经来临，或者说当今正进入后现代时期。人们将信将疑地对待各种观点，虚心聆听教授们头头是道同时又歧见百出的分析。然而，多少人——包括这些观点的发明者——敢于将身家性命绑在某一个结论之上，然后如同一枝利箭呼地射出去？

我突然明白，历史是一座巨大的迷宫。对于林旭也是如此。他慨然把一条命押在了菜市口，仍然没有赢得历史。如果林旭拥有七十岁的寿命就肯定能找到出口吗？这个反问让我心虚了——因为我想起了另一个福州人，也姓林，才分决不在林旭之下，而且活到了七十多岁，然而他仍然执迷不悟。

我说的是林纾。

五

我是在《中国新文学大系》丛书之中初

识林纾，当然是因为他写给蔡元培的那一封捍卫古文的著名公开信。陈独秀、胡适他们倡导白话文，气势如虹，遗老遗少望风披靡，偏偏有这么一个螳臂当车式的人物跳出来自讨没趣。结果是脑门上挨了一阵暴栗。

当时我并不知道，林纾也是福州乡亲。

从许多张相片上看，林纾的相貌和我的想象十分接近。此人目深鼻高，两颊内陷，留一口长长的胡须。这种相貌往往固执暴躁，倔强起来九头牛也位不回来。林纾相当自负，没有多少人在他眼里；同时又是有名的狂狷耿介，表扬自己或者辱骂他人都毫不含糊。当然，他有这种资格。林纾自幼嗜书如命，所有的零钱都捐到书店。十五岁就"积破书三橱，读之都尽"。三十来岁结识了藏书家李氏兄弟，伸手借了三四万卷的书，经史子集，小说家言，无不搜括殆尽。他气不过陈独秀、胡适等人的声势，专门写小说《荆生》《妖梦》给予诽谤。小说在上海的《新申报》发表之后，一时舆论大哗。这显然有违君子之道。林纾心中惭愧，投书各家报馆表示歉意——这时他已经是一个六十八岁的老者了。不论林纾坚持什么观点，这肯定是一个率真的性情中人。这种性格多少与林纾的好侠尚武有关。他不仅写了许多武林秘闻的笔记小说，而且曾经拜师习拳。十九世纪末，福州市江滨苍霞洲或许有不少居民看到，林纾时常佩一柄长剑步出苍霞精舍的大门，昂昂然地招摇过市。

苍霞精舍是林纾中年之后的居所，林纾

曾作《苍霞精舍后轩记》一文："……余家洲之北，潦隘苦水，乃谋适爽垲，即今所请苍霞精舍者。屋五楹，前轩种竹数十竿，微飔略振，秋气满于窗户……"林纾与母亲、妻子居住在这里，欢声笑语；不久母亲和妻子先后去世，林纾迁往他处。偶尔返回授课，只见"栏楯楼轩，一一如旧，斜阳满窗，帘幌四垂，乌雀下集，庭墀阒无人声。余微步廊庑，犹谓太宜人昼寝于轩中也。轩后严密之处，双扉阖焉。残针一，已锈矣，和线犹注扉上，则亡妻之所遗也。"

现今福州的苍霞洲已经找不到苍霞精舍的痕迹。福州保存的林纾故居是他的出生之处。一幢白墙灰瓦，赭色大门的院落被一大圈七八层高的水泥楼房团团围住，相距不过两三米。据说这所院落曾经是小学，厅堂里堆放了一些杂物，其中有两样稀罕之物：一是绘有波浪日出的彩色屏风；一是"肃静""回避"的两面令牌。

多数人认识林纾，肯定是因为他的翻译。从《巴黎茶花女遗事》开始，林纾译了一百七八十种作品，影响了整整一代人。因为林纾翻译的启蒙，梁启超的论断"小说为文学之最上乘"才可能得到广泛的认同。当然，最为奇特的是，林纾是一个不谙外文的翻译家。妻子去世之后，林纾郁郁寡欢。在亲友的劝慰之下，林纾到福州旁边的马尾散心，寻访马尾船政局的老友魏瀚，同时结识了法文教习王寿昌。魏瀚告诉林纾法国小说精彩绝伦，请林纾出手翻译。林纾再三推托，最后提出的条件是"须请我游石鼓山乃可"。魏瀚叫了一条船溯江而上，直抵福州东郊鼓山。王寿昌在船上现场口述《茶花女》故事，林纾挥笔急就。小说出版之后风行一时，市面上有"可怜一卷《茶花女》，断尽支那荡子肠"之说。此后，林纾用这种独特的合作方式开始了他的翻译生涯。林纾的翻译显然有不少独到的过人之处，以至于心高气傲的钱钟书数十年之后仍然愿意撰写论文详细研究。

然而，如果哪一个人当面恭维林纾的翻译，肯定讨不到脸色。林纾自称文章天下第一。六百年以来，除了明朝的归有光，哪一个也不是对手。有人好意地表示，林纾的诗和文可以相提并论，他气呼呼地"痛争一小时"，甚至毫不惋惜地贬斥自己的诗是"狗吠驴鸣"。至于翻译，当然只能是游戏之作，不登大雅之堂。文学史最终看上的是他的翻译，这的确像一个尴尬的玩笑。

戊戌年三月，林纾入京会试，结识了林旭，乡音相通，情趣相投。五月底，北京风声鹤唳，林纾与林旭等几个友人乘船避到了杭州。杭州的五月风和日熙，有人给林纾介绍了一门亲事，续娶杨氏为妻。不知这门亲事是不是救了林纾一命？林旭重返北京之前肯定曾经和林纾煮酒论天下——恭亲王奕䜣病死，变法的形势出现转机，光绪皇帝六月十一日颁布"明定国是"。据说林纾曾经劝林旭再留一阵，等待局面的明朗，然而，林旭义无反顾。逗留在杭州温柔乡里的林纾肯定伸长了脖子谛听北京的动静。他或许羡慕过林旭的机遇，激动的想象让周身的血液疾速流动；菜市口的噩耗传来，他在西湖畔深秋的月光里低回悲悼，并且暗暗地庆幸自己没有卷得太深。

林旭死后，林纾又活了二十六年。但是，这个固执的福州人从来没有像陈独秀或者鲁迅那样认识历史。辛亥革命之后，林纾很快开始失望，并且以清朝的遗老孤臣自居。大批刊物纷纷创立，众多的知识分子逐渐往北京和上海集聚；然而，林纾嗤之以鼻：凭什么要承认《新青年》或者《狂人日记》是历史的方向？他独自转过身来，佝偻着老迈之躯，风尘仆仆地前往河北易县，一次又一次地拜谒光绪皇帝的崇陵。林纾愿意将自己想象为一匹瘦骨伶仃的识途老马。在他看来，背离崇陵必将礼崩乐坏，不堪收拾。尽管这个乖张的老夫子孤立无援，但是，来自崇陵的沙哑哭声还是穿过了暮色进入紫禁城，传到了溥仪的耳边。于是，他们之间开始了热络的礼尚往来。溥仪给林纾写了"四季平安""烟云供养""有秩斯祜""贞不绝俗"的条幅和匾额，林纾则是殷勤地送书、送扇面、送镜屏。他甚至表示，死后要在自己的墓碑上注明是"清处士林纾之墓"。

翻译，为文，作画，教书，林纾的日历一直翻到了一九二四年的夏天。可是，有时我会突然觉得，时间早就凝固了——林纾并没有从林旭身边走出多远。当然，我说的是林纾的个人时间。历史从来没有停下来。林旭当时是令人恐惧的激进分子，而十六年后的林纾已经是蹒跚在历史外围的落伍者了。不过，林纾并没有后悔。这个执拗的家伙对于所谓的历史不屑一顾。他公然表示，一日不死，一日不忘大清。也许，在他心目中，大清就是历史的尽头。

六

福州有一句老话：陈林半天下。福州的陈姓和林姓数量上占据了绝对的上风。

开始叙述第三个姓林的福州乡亲之前，我不得不抬出这句话给作为掩护。这位福州乡亲叫林长民。林纾的学生，林徽因的父亲。当然，教师和女儿的名声肯定不是我把他从故纸堆里挖出来的原因。

林长民，字宗孟。父亲林孝恂在浙江为官，他出生于杭州。当年林纾即是在他家教授古文。二十世纪初，林长民赴日本早稻田大学攻读政治法律；若干年后回国到福建谘议局任职，随后创办福建私立法政学堂并且任校长。辛亥革命之后，林长民离开福建北上，支持共和政体，被新上任的民国政府总统徐世昌聘为顾问。林长民风度儒雅，西装革履，浓眉深目，几绺长须，能说一口流利的日语和英语。的确，这是一个相当活跃的人物。尽管如此，这仍然不是我一百年之后探访他的原因。

罗列林长民一生担任过的职务，人们一定会感到眼花缭乱。如果那一颗致命的流弹不是把他钉在五十岁的刻度上，林长民可能拥有更多的头衔。现在当然考证不出那一颗流弹出自何人之手。我只能清理出模糊的事件轮廓：那一年林长民受聘于驻京的奉军郭松龄部，任幕僚长，打算在反对张作霖的行动之中相助一臂。他秘密离京抵达锦州与郭松龄会晤，不久即在苏家屯白旗堡遭到伏击。枪声骤起，慌慌张张的轿车如同一只受惊的蟑螂团团乱转。林长民刚刚钻出车门，一发窥伺多时的子弹嘘地斜插过来，立时毙命。片刻之后，郭松龄夫妇束手就擒。出师未捷身先死，沙场马革裹尸还。

可是，如果绕开这么几句众所周知的成语，某些私密的问题或许隐藏了更多的故事。例如，夕阳西下之际，那一幢大瓦房里，谁在为林长民之死落泪伤悲？这时人们不能不了解到，林长民有三房妻子。据说大房妻子精神不正常，林长民从未和她一起生活。林徽因是林长民与第二房妻子生的。第二房妻子是嘉兴一个富商的女儿。这门亲事由家里出面操办，林长民并不如意——他倾心的是第三房妻子。当年，林徽因和母亲住在后院，第三房妻子住在前院。根据林徽因的回忆，父亲的足迹只到前院为止。孤灯寒窗，冷月霜瓦，母女相对无言。前院一阵阵喧笑传来，仿佛是发生在另一个世界的温暖童话。一些人猜测，这种记忆甚至深刻地影响了林徽因与徐志摩的关系。徐志摩在英国认识林徽因的时候已经和张幼仪结婚。如果林徽因介入，张幼仪的下半辈子是不是只能拥有后院的日子？这或许是林徽因刻意回避徐志摩的一个重要原因。

　　遇到林徽因之前，徐志摩已经和林长民成了忘年交。林长民携带林徽因游历欧洲，徐志摩是伦敦寓所里的常客。两人不仅在客厅里谈天说地，而且还用情侣的口吻相互通信打趣。不知道他们的第一次晤面是在伦敦，还是先前在梁启超家里？徐志摩是梁启超的弟子，林长民是梁启超的老友，他们完全可能在梁府见过面。

　　林徽因和徐志摩的绯闻已经成为一个著名的公案，至今议论不衰。这甚至成为众多人物关系的定位，例如梁启超是林徽因的公公，他与林长民是儿女亲家。人们纷纷为这一段未遂的爱情故事伤感唏嘘，林长民与梁启超共同创造的历史业绩却遭到了理直气壮的遗忘。的确，现在已经没有多少人知道，福州乡亲林长民抛出的火炬点燃了五四运动的熊熊烈焰。

一九一九年巴黎和会，日本态度强硬。西方诸国商谈结果竟然是，这个岛国要从德国手里接过山东。四月三十日，林长民接到梁启超来自巴黎的电报，得知外交失败。他于五月一日写就《外交警报敬告国人》一文，当晚送到《晨报》报馆，五月二日刊出。"胶州亡矣！山东亡矣！国不国矣！""国亡无日，愿合四万万民众誓死图之。"这篇不足三百字的短文是一个巨大的震动。五月三日晚，北京大学等校的学生代表集会法科大礼堂，决定五月四日举行学生界大示威，通电各省五月七日国耻纪念日游行。次日，火烧赵家楼曹汝霖宅，章宗祥被殴，军警逮捕学生，北京总罢课，举国舆论哗然，这一切迅速汇聚为声势浩大的五四运动。一种历史黯然终结，另一种历史开始了。

我的叙述如此频繁地使用"历史"一词。然而，许多时候，这仅仅是一个庄严而又空洞的大字眼，一旦抵近就会如同烟雾一般消散。其实，我看不见历史在哪里，我只看见一个个福州乡亲神气活现，快意人生。有些时候，机遇找了上来，无意地成全了他们；另一些时候，他们舍命搏杀，历史却默不作声地绕开了。多少人参得透玄机？据说林长民工书法，能诗擅文。然而，他一辈子写的文章都比不上这篇不足三百字的短文。勇不如林旭，才不如林纾，一九一九年五月一日伏案疾书的时候，林长民自己也料想不到，这篇区区短文竟然成了压垮骆驼的最后一根稻草。这就是机遇了。历史当然比绯闻伟大。由于这篇短文，林长民再也不是徘徊在林徽因与徐志摩故事之中的配角——他终于写出了自己的故事。

七

福州听得到种种有趣的传说，关于林旭，关于林纾、林长民以及其他人。我对于各种捕风捉影的轶闻深感兴趣，同时又半信半疑。许多时候，我会迂腐地希望补上过硬的证据，这时就能从渺小的作家变成可靠的历史学家。戊戌年菜市口的铡刀已经无从考证，金鸡山的地藏寺至今犹存。一个阳光灼亮的午后，我驱车抵达。

这个寺庙如今隐在两条小巷的交叉之处。"地藏寺"三字浑朴苍劲，是赵朴初的手迹；杏黄色的山墙内有大榕树横斜逸出。寺内有正殿，内藏一口光绪年间的铜钟；倚山而上又有藏经阁。当年林旭离开福州的时候怎么也想不到，不久之后这一座寺庙竟然成为他最后的栖息之处。问了三五个尼姑，没有人说得出寺庙建于何时。后来找到一块石碑。石碑上记载始建于唐朝，清朝重建。寺庙内正在大兴土木。工人裸着上身敲敲打打，锯开的木板清香四溢。我没有再问林旭的停棺之处，肯定没有答案。我隐隐地觉得，整个寺庙被漆得锃亮一新的那一天，历史可能消失得无影无踪。

看来只能和传说打交道了。我突然大彻大悟：没有必要把传说加工成历史著作。历史著作必须严谨持重，传说可以大胆地添油加醋——这是多么有趣的事情。许多著名的先辈冻结在历史著作之中，庄严肃穆，矜持而古板；只有在传说之中，他们才真正活起来。除了建功立业，他们还会谈恋爱，发脾气，争一些不大不小的名利，偶尔让嫉妒心发作一回，如此等等。譬如，传说之中，林纾翻译的《巴黎茶花女遗事》曾经深深地打动北京八大胡同的名妓谢蝶仙。谢蝶仙猜测，林纾的文笔如此缠绵，想必是一个多情的种子。能够嫁给这种男人，不枉来风月场走了一遭。她买通了林纾家的使女，频繁送一些小礼物给林纾以示心意，例如咬了一口的柿饼，或者时鲜鲥鱼。林纾的确也考虑了一番，最终还是婉言谢绝。这时的林纾已是耄耋之年，依红偎翠只能是一个遥远的残梦了，勉强将梦想当成现实多半会自食苦果。这当然伤了谢蝶仙的心。一气之下，她胡乱嫁了个茶商，离开北京远走岭南，不久就郁郁而亡。尽管这个凄艳的故事可以挑出许多破绽，但是，我就是愿意看到另一个有些温情的林纾。没有必要用呆板的考据求证传说。传说不是证明细节，而是证明这些先辈没有退出生活。传说也是历史——这是盘旋在人们心中的另一种历史。

2005 年 11 月 11 日改于香港南洋酒店

辛亥年的枪声

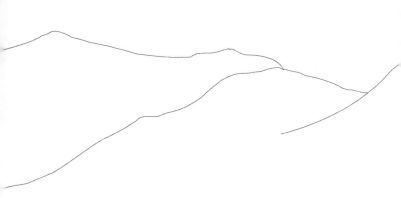

辛亥年的枪声

一

许多历史著作记载了辛亥年三月份广州的那一阵密集的枪声。那时的广州是搁在中国南部的一座发烫的活火山，革命家和志士仁人穿梭往来，气氛紧张诡异。旧历三月二十九日下午五时许，总督衙门附近砰砰地响成一片，流弹嘘嘘地四处乱飞。枪声并没有持续多久，但是，大清王朝的历史已经被打出了许多窟窿。

一个敢于惊扰大清王朝的书生当场中弹就擒。林觉民，字意洞，二十四岁，福建闽侯人。如今人们只能见到一张大约一个世纪之前的相片：林觉民眉拙眼重，表情执拗，中山装的领口系得紧紧的。他被一副镣铐锁住，当哐当哐地押进总督衙门的时候，这件中山装肯定已经多处撕裂，缠在手臂上作为记号的白毛巾也不知去向。腰上的枪伤剧痛锥心，林觉民还是心犹不甘地环目四顾。终于跨入了戒备森严的大门，然而，他是一个阶下囚而不是占领者。

时过境迁，不少人都可能表现出了不凡的历史洞见。哪怕仅仅提供三五十年的距离，历史的脉络就会蜿蜒浮现。反之，身陷历史的漩涡，种种重大的局势判断有些像轮盘赌。一种理论，几场骚乱，若干激动人心的口号，还有报纸、杂志和传单，这一切足够说明一个朝代即将土崩瓦解吗？然而，林觉民坚信不疑。他义无反顾地将自己的生命押在这个结论之上——林觉民决定用一副柔弱的肩膀拱翻一个王朝的江山。

不成功，便成仁，他完全明白代价是什么。起义前三天的夜晚，林觉民与同盟会的两个会员投宿香港的滨江楼。夜黑如墨，江畔虫吟时断时续。待到同屋的两个人酣然入眠之后，林觉民独自在灯下给嗣父和妻子写诀别书。《禀父书》曰："不孝儿觉民叩禀：父亲大人，儿死矣，惟累大人吃苦，弟妹缺衣食耳。然大有补于全国同胞也。大罪乞恕之。"搁笔仰天长叹。白发人送黑发人，心碎的是白发人；可是，自古忠孝难以两全，饱读圣贤书的嗣父分辨得出孰轻孰重。林觉民的《与妻书》写在一方手帕上："意映卿卿如晤：吾今以此书与汝永别矣！"这句话落在手帕上的时候，林觉民一定心酸难抑。

孤灯摇曳，一声哽咽，两颊有泪如珠："吾作此书时，尚是世中一人；汝看此书时，吾已成阴间一鬼。吾作此书，泪珠和笔墨齐下，不能竟书而欲搁笔，又恐汝不察吾衷，谓吾忍舍汝而死，谓吾不知汝之不欲吾死也，故遂忍悲为汝言之。"《与妻书》一千三百来字，一气呵成，隽秀的小楷一笔不苟。两封信，通宵达旦，呕出了一腔的热血，内心一下子平静下来。生前身后的事俱已交割清楚，二十四岁的生命一夜之间完全成熟。

《禀父书》和《与妻书》是人生的断后文字。必须承认，相对于如此决绝的姿态，总督衙门的战役显得过于短促，甚至有些潦草。林觉民与同盟会员攻入督署，不料那儿已经人去楼空。他们打翻煤油灯点起了一把火，然后纷纷转身扑向军械局。大队人马刚刚涌到东辕门，一队清军横斜里截过来。激烈的巷战立即开始，子弹噗噗地打进土墙，碎屑四溅。突然，一发尖啸的子弹如同一只蝗虫飞过，啪地钉入林觉民的腰部。林觉民当即仆倒在地，随后又扶墙挣扎起来，举枪还击。枪战持续了一阵，林觉民终于力竭不支，慢慢瘫在墙根。清军一拥而上，人头攒动之中有人飞报：抓到了一个穿中山装的美少年。

审讯常常是大规模骚乱的结局。要么统治者审问叛逆者，要么叛逆者审问统治者。现在，主持审讯的仍然是两广总督张鸣岐。林觉民和同盟会的人马抵达的时候，张鸣岐已经越墙而去。一种说法是，张鸣岐手脚利索，望风而逃，他抛下的老父张少堂和妻妾三人瑟缩于内室的一隅，哀声苦求饶命；另一种说法是，张鸣岐事先得到了细作的密报，督署仅是一幢空房子，四面伏兵重重，同盟会中了圈套。不管怎么说，骚乱并没有改变既定的格局。

当然，张鸣岐和林觉民共同明白，大堂上的吆喝、惊堂木、刑具以及声色俱厉的控告都已丧失了意义。身负镣铐的林觉民心怀必死之志。老父牵挂，娇妻倚门，二十四岁的人眼神清澈，步履轻盈，但是，林觉民还是坚定地往黄泉路上走去——那么多的福州乡亲已经在鬼门关那边等他了。半个月之前，林觉民潜回福州，召集一批福州的同盟会会员秘密赴粤。他们在台江码头分搭两艘夹板船抵马尾港，随后换乘轮船出闽江口，沿海岸线南下广州。总督衙门一役，殉命的福州乡亲多达二十余人。林觉民深为敬重的林文已经先走了一步。东辕门遭遇战，林文企图策反李准部下。手执号筒的林文挺身而出，带有福州腔的国语向对方高喊"共除异族，恢复汉疆"，应声而至的是一枚刻薄的子弹。子弹正中脑门，脑浆如注，立刻毙命。冯超骧，"水师兵团围数重，身被十余创，犹左弹右枪，力战而死"；刘元栋，"吼怒猛扑，所向摧破，敌惊为军神，望而却走，鏖战方酣适弹中额遽仆，血流满面，移时而绝"。还有方声洞，也是福州闽侯人，同盟会的福建部长，曾经习医数载，坚决不愿意留守日本东京同盟会："义师起，军医必不可缺，则吾于此亦有微长，且吾愿为国捐躯久矣"，双底门枪战之中击毙清军哨官，随后孤身被围，"数枪环攻而死"。林尹民、陈更新、陈与燊、陈可钧，还有连江县籍的几个拳师，他们或者尸横疆场，或者被捕之后引颈就刃，林觉民又怎么可能独自苟活于天地之间？

想用囚犯的演说打动审讯者，这无异于与虎谋皮。但是，林觉民的灼灼目光与慷慨陈词还是震撼了在座的清军水师提督李准。世界形势，清朝的朽败，孙中山先生的伟大事业，林觉民血脉偾张，嗓门嘶哑，激烈的手势将身上的镣铐震得当啷啷地响。即使是一介武夫，李准也能够明显地感受到林觉民身上逼人的英气。他挥手招来了衙役，解除镣铐，摆上座位，笔墨侍候。林觉民揉了揉僵硬的手腕，坦然地坐下，挥毫疾书，墨迹淋漓飞溅。刚刚写满一张纸，李准立即趋前取走，转身捧给张鸣岐阅读。大清王朝忽喇喇如大厦将倾，蝼蚁般的草民茫然如痴，革命者铤而走险，拳拳之心谁人能解？林觉民一时悲愤难遏，一把扯开了衣襟，挥拳将胸部擂得嘭嘭地响。一口痰涌了上来，林觉民大咳一声含在口中而不肯唾到地上。李准起身端来一个痰盂，亲自侍奉林觉民将痰吐出。

目睹这一切，张鸣岐俯身对旁边的一个幕僚小声说："惜哉！此人面貌如玉，肝肠如铁，心地如雪，真奇男子也。"幕僚哈腰低语："确是国家的精华。大帅是否要成全他？"张鸣岐立即板起脸正襟危坐："这种人留给革命党，岂不是为虎添翼？杀！"

命运的枷锁并没有打开。

林觉民被押回狱中，从此滴水不肯入口。数日之后，一发受命于张鸣岐的子弹迫不及待地蹦出枪膛，准确地击中了他的心脏。刑场传来的消息说，就义之际，林觉民面不改色，俯仰自如。林觉民死后葬于广州的黄花岗荒丘，一共有七十二个起义的死难者埋在这里。风和日熙，黄花纷纷扬扬，漫山遍野；阴雨绵绵，那就是七十二个鬼魂相聚的时节。坟茔之间啾啾鬼鸣，议论的仍然是国事天下事。

五个多月之后，也就是辛亥年九月，公历一九一一年十月，武昌起义成功。辛亥革命推翻了千年帝制，民国成立。

二

即使是结识历史人物，也是需要缘分。

我长期居住在福州，几度搬家，每一处新居距离林觉民纪念馆都没有超过一公里。尽管如此，我对于这个人物从未产生兴趣。纪念馆是清代中叶的建筑，朱门，灰瓦，曲线山墙，三进院落。附近的高楼鳞次栉比，纪念馆还能在玻璃幕墙之间坚守多久？我对这一幢建筑物命运的关注远远超过了它的主人。一个有趣的历史问题始终没有进入我的视野：一个仅仅活了二十四年的人有什么资格占有一个偌大的纪念馆？现在，历史已经被一大批骚人墨客调弄成下酒菜。他们或者钟情于帝王及其皇宫里的金枝玉叶，或者努力修补富商大贾的家谱。林觉民这种"拼命三郎"式的革命家显然太没有情趣。可是，在我四十八岁的时候，那个仅仅活了二十四年的人突然闪出了历史著作站到跟前。林觉民这个名字鬼魅般地撞开了我的意识大门，种种情节呼啸着在脑子里横冲直撞，令人神经亢奋，夜不能寐。

生当人杰，死亦鬼雄，我终于从福州的子弟身上也看到了这种掷地有声的性格。

福州是东海之滨的一个中型城市，两江穿城，三山鼎立，长髯飘拂的大榕树冠盖如云。这里气候温润，物产富庶，江边的码头人声如沸，鱼虾的腥味随风荡漾；市区小巷纵横，炊烟弥漫于起伏错落的瓦顶之上。历史记载证明，福州人的祖先多半来自北方的中原。魏晋时期开始，北方的中原烽火连天，一些富庶的名门望族扶老携幼仓皇南逃，其中一部分陆续落脚在这里。可以想象，这些逃跑者的后代性情温和，血液的沸点很高，不到万不得已不会破门而出。据说福州许多女人的日子很惬意。她们戴着满头的卷发器到菜市场指指点点，身后自然有一个拎菜篮的男人跟上付账。另一种更为夸张的说法是，这些男人连涮马桶、倒夜壶也得亲自动手。总之，这些男人的骨头软，胸无大志，撑不起历史的顶梁柱。我在这个城市的一条巷子里长大，打架毁墙揭瓦片无所不为，但是，这种市井无赖的形象无助于证明福州男人的高大。现在，林觉民如同一颗耀眼的流星划过这个城市的漫长历史。仰天长啸，壮怀激烈，福州也有这等顶天立地的好汉。我母亲也姓林，一样的闽侯人，我或许可以大胆地将林觉民视为母亲这个谱系的一个先辈。

燕赵多慷慨悲歌之士。相形之下，福州人似乎有些心虚。为什么他们享受不到这种美誉？肯定存在某种偏见。当年林觉民从福州召集了一批乡亲赴粤，他们多半刚烈豪爽，精通拳棒。这些人的种子仍然撒在福州的肥沃土地上。他们的后裔常常四处奔走，抡起一对拳头打遍天下不平事。不少人通过不正规的渠道踏入日本岛国，或者漂洋过海来到美国。他们隐居在东京和纽约的唐人街，只听得懂乡音而不谙日语和英语。某些时候，他们会突然出现在街头，挥拳将不可一世的日本鬼子或者美国佬打得鼻青眼肿。美国的警车冲入唐人街哇哇乱叫，回答他们的一概是福州话。据说，纽约的警察局贴出了一条广告：招募懂得福州方言的警察。当然，我不愿意人们将我的乡亲想象成一伙莽汉。我的另一些乡亲文采斐然。牺牲在东辕门的林文工诗文，音节悲壮，沉郁顿挫："极目中原事，干戈久未安。豺狼当道路，刀俎尽衣冠。大地秦关险，秋风易水寒。雪花歌一曲，听罢泪漫漫。"如果不是用福州方言诵读，人们肯定会将作者想象成一个关西大汉。

我常常考虑，问题是不是就出在福州方言之上？语言学家可以证明，福州方言恰恰是来自中原的古汉语。那些南迁的名门望族带来了中原的口音，福州方言之中可以发现大量的古汉语用法。这些口音捂在南方的崇山峻岭之中，渐渐与北方中原割断了联系而成为方言。然而，自从中原文化被视为正统之后，方言似乎就是蛮夷之地的鸟语。福州方言多降调，而且保存了许多古汉语的入声，听起来叽里咕噜的一片。北京人说起话来抑扬顿挫，连骂娘的节奏都格外舒缓。他们的言辞之中可以加入那么多的"儿"化，福州人常常觉得自己的舌头笨得不行。即使是能言善辩的福州大佬，遇到一口标准的京腔就像剥了衣服似的自惭形秽。我的想象之中，高大的英雄总是屹立在远处，嘴里肯定不会冒出土气呛人的方言。福州出过另一个大人物林则徐。道光年间，林则徐用漏风的国语命令：收缴鸦片！于是，虎门的鸦片被公开销毁；林则徐又用漏风的国语下达命令：抬出大炮！炮台上的大炮昂起头来，军舰上的英军相顾失色。所以，林则徐林文忠公是近代史上赫赫有名的大英雄，举世公认。尽管如此，福州还是有许多段子编排林则徐口音不准的小故事。这时的林则徐不是朝廷的钦差大臣，他只是福州人的乡亲，是我们祖上的一个可爱的老爷子。

林觉民是一个风流倜傥的才子。他二十岁的时候东渡日本留学。谙熟日语之外，他还懂得英语和德语。林觉民比鲁迅小六岁，是一个现代知识分子，可以从容地出入国际性舞台。我的心目中，林觉民的形象将英雄与乡亲有机地统一起来了。

三

辛亥年三月份广州的那一阵密集的枪声
夹在厚厚的历史著作之中，听起来遥远而模
糊。然而，时隔近一个世纪，这一阵枪声奇
怪地惊动了我的庸常生活。我开始在历史著
作之中前前后后地查找这一阵枪声的意义。

黄花岗烈士殉难一周年之后，孙中山先
生在一篇祭文之中流露了不尽的悲怆之情：
"寂寂黄花，离离宿草，出师未捷，埋恨千
古。"时隔十年重提这一场起义，孙中山先
生的如椽大笔体现了历史伟人的高瞻远瞩。
他在《黄花岗烈士事略》序言之中写道：
"……是役也，碧血横飞，浩气四塞，草木
为之含悲，风云因之变色。全国久蛰之人

心，乃大兴奋。怨愤所积，如怒涛排壑，不可遏抑，不半载而武昌大革命以成。"

多年以来，清宫戏在电视屏幕之上长盛不衰。康熙、雍正、乾隆和慈禧太后带上他们的臣子和后宫登陆每一户人家的客厅，"万岁爷""娘娘""奴才谢恩"的声音不绝于耳。我常常在电视机前想起了辛亥革命。如果没有辛亥革命带来的历史剧变，这些皇帝老儿肯定还要从电视屏幕的那一块玻璃背后威严地踱出来，喝令我们跪拜叩首。辛亥革命如此伟大，以至于开始介绍福州乡亲林觉民的时候，我肯定要证明他在辛亥革命之中的位置。

令人遗憾的是，这个意图始终无法完整地实现。我似乎找不到广州起义与武昌起义之间的历史阶梯，二者之间不存在递进关系。没有证据表明，广州起义曾经重创清廷的统治系统，从而为武昌的革命军创造了有利条件。林觉民们的枪声响过之后，两广总督张鸣岐还是人五人六地坐在审判席上发号施令。

广州起义是孙中山先生在马来半岛的槟榔屿策划的。庚戌年十一月，他秘密召集南洋各地的同盟会骨干开会，决定再度在广州起事，并且指定由黄兴负责。会议之后半个月，孙中山先生即远赴欧洲、美国、加拿大筹款，他在起义失败的次日才从美国芝加哥的报纸上得到消息。总之，广州起义不像一场深谋远虑的战役镶嵌在历史之中，有时人们会觉得，这更像一次即兴式的行动艺术演出。

武昌起义的导火索必须追溯到清政府的"铁路干线国有"政策。清政府强行接收粤、川、湘、鄂四地的商办铁路公司，各地的保路运动沸反盈天。四川尤为激烈，成都血案。清政府急忙调遣湖北新军入川弹压，湖北的革命党乘虚奋勇一击，长长的锁链终于"哗"地解体。总之，广州起义与武昌起义属于两个不同的段落。孙中山先生所说的"久蛰之人心，乃大兴奋"云云，陈述的是舆论、声势或者气氛造成的影响——正如孙中山先生在另一封信里说的那样："广州起义虽失败，但影响于全世界及海外华侨实非常之大。"

但是，我时常觉得"影响"这个评语不够过瘾。林觉民应当有更大的历史贡献，他付出的代价是自己的生命。一个二十四岁的生命仅仅制造了某种"影响"，就像点一根爆竹一样？我期望能够论证，林觉民是辛亥革命之中的一个齿轮——哪怕小小的齿轮也是一部机器不可或缺的组成部分。然而，我的虚荣心遭到本地一位业余历史学家的批评。在他看来，将历史想象成一部大齿轮带动小齿轮匀速运转的机器是十分幼稚的。历史是由无数段落草草地堆砌起来，没有人事先知道自己会被填塞在哪一个角落。古往今来，多少胸怀大志的人一事无成。如果不是历史凑巧提供一个高度，即使一个人愿意将自己的生命燃成一把火炬，照亮的可能仅仅是鼻子底下一个极其微小的旮旯。广州起义之前，孙中山还在广东策划了九次失败的起义，屡战屡败，屡败屡战。九次的起义队伍之中可能藏有一些比林觉民更有才华的人，可是，他们早就湮灭无闻。广州起义再度受挫，然而，这是武昌胜利之前的最后一次失败——林觉民因此成为后来的胜利者记忆犹新的先烈。可以猜想，如果还有九十次失败的起义，林觉民恐怕也只能像落入河里的一块瓦片无声无息地沉没。这个意义上，他已经是一个幸运者。这位业余历史学家劝我，不要为"历史贡献"这些迂腐之论徒增烦恼。我们的乡亲林觉民有血有肉，有情有义，他会心高气傲，会口出狂言，会酩酊大醉，也会愁肠百结。心存革命一念，他就慷慨无私地将自己的一百多斤豁了出去。做得到这一点的人就是大英雄。至于有多少历史贡献，这笔账由别人去忙活好了。

四

我曾经说过，林觉民是一个现代知识分子；现在，我又有些怀疑。林觉民的性格之中保存了不少侠气。豪气干云，一诺千金；仰天悲歌，击鼓笑骂；一剑封喉，血溅五步——这是林觉民的形象。

现代知识分子很少有这种颐指气使的性格。鲁迅对于正人君子的虚伪深恶痛绝。他的内心存有深刻的怀疑。既怀疑他人，也怀疑自己。他很难与哪一个人成为刎颈之交，并肩地挽起手臂临风而立。"两间余一卒，荷戟独彷徨"，这种孤独的确是鲁迅的精神写照。美国回来的胡适当然有些绅士风度：温和，大度，自由主义式的宽容，主张多研究些问题少谈些主义。他与陈独秀共同提倡白话文的时候流露出些许霸气，后来就是一个好好先生，闲暇时吟一些"两个黄蝴蝶，双双飞上天，不知为什么，一个忽飞还"之类的小诗。徐志摩呢？"我不知道风／是在哪一个方向吹——"，这个浪漫多情的诗人骨头轻了一些。当然，还有"我是一条天狗呀！我把月来吞了，我把日来吞了，我把一切星球来吞了，我把全宇宙来吞了"——那是一个沸腾的郭沫若，尽管他激情有余而刚烈不足。另一些打领带的教授就不必逐一细数了吧。他们或者擅长背古书，或者擅长说英文，懂些理论，有点个性，不肯盲从或者迷信，推敲过"to be or not to be"，偶尔也不可避免地有些小私心、小虚伪、小猥琐或者小怪癖，总之都算现代知识分子。但是，他们身上统统删掉了林觉民的侠气。

所以，我倾向于将林觉民归入游侠式的知识分子形象系列。白袍书生，负一柄剑，沽一壶浊酒，行走于日暮烟尘古道，轻财任侠，急公好义，胸怀大志。他们肯定善于歌赋，荆轲当年信口就吟出了一曲千古绝唱："风萧萧兮易水寒，壮士一去兮不复返。"很难猜测他们的剑术如何，但是这些人无不因此而自夸。李白自称"十五好剑术"，辛弃疾"醉里挑灯看剑"，龚自珍"一箫一剑平生意"，谭嗣同"我自横刀向天笑"，一身中山装的林觉民手执步枪，腰别炸弹地闯入广州总督衙门的时候，人们联想到的多半是江湖上的大侠。

"少年不望万户侯"，这是林觉民十三岁时在考场写下的七个大字。光绪二十五年（一八九九年），林觉民的嗣父命他应考童生。这个桀骜不驯的小子挥笔在试卷上写了七个字之后就扬长而去。他自号"抖飞"，又号"天外生"，显然是展翅翱翔的意象。他想去哪里？嗣父有些不安，只得安排他投考自己任教的全闽大学堂。然而，全闽大学堂是戊戌维新的产物，思想激进者大有人在。林觉民有辩才，纵议时局，演说革命，私下里传递一些《苏报》《警世钟》《天讨》之类的革命书刊。嗣父管不住他了，指望校方严加束缚。当时的总教习有一双慧眼："是儿不凡，曷少宽假，以养其浩然之气。"一个晚上，中学生林觉民在一条窄窄巷子里演说，题为《挽救垂危之中国》，拍案捶胸，声泪俱下。全闽大学堂的一个学监恰好在场。事后他忧心忡忡地对他人说："亡大清者，必此辈也！"中学生林觉民竟然在家中办了一所小型的女子学校，亲自讲授国文课程，动员姑嫂们放了小脚。尽管周围的亲人渐渐习惯了林觉民离经叛道的言行，但是，他们怎么也想象不到，五年以后的林觉民竟然敢手执步枪、腰别炸弹地闯入总督衙门。

至少在当时，周围的亲人并未意识到林觉民身上的侠气。他在福州结交的许多同盟会员都喜欢行侠尚武。黄花岗烈士之中，林文为自己镌刻的印章是"进为诸葛退渊明"；林尹民擅长少林武术，素有"猛张飞"之称；陈更新能诗词，工草书，好击剑，精马术；刘元栋体格魁梧，善拳术；刘六符目光如电，曾经拜名震八闽的拳侠为师；方声洞有志于陆军，冯超骧成长于军人世家。总之，这一批知识分子不是书斋里的人物。驳康有为，斥梁启超，林觉民与这一批知识分子崇尚行动，不仅用笔，而且用枪。如今，许多历史著作提到陈独秀、胡适或者鲁迅、周作人的启蒙思想，另一些风格迥异的知识分子群落往往被忽略了。

侠肝义胆的一个标志就是随时可以赴死。这种人往往不再儿女情长。真正的大侠只能独往独来，如果后面跟一个女人，一步三回头是要坏事的。缠缠绵绵只能消磨意志，多少英雄陷入温柔乡半途而废。英雄手中的长剑，一方面是格杀敌手，另一方面是挥断自己的情丝。儿女情长是柳永、张生、梁山伯或者贾宝玉们的故事，与行走在刀尖上的革命者离得很远。

然而，没有想到，福州乡亲林觉民同时还是一个情种。他不仅一身侠骨，而且还有一副柔肠。

五

现今我已经无从考证滨江楼位于香港何处，也没有这个兴趣。我愿意将滨江楼想象为一幢二层的小楼，楼上听得见隐隐的江涛和不时的虫鸣。辛亥年三月的一个夜晚，一个血气方刚的男子倚窗独坐，他在同伴的鼾声里总结自己的情爱历史。

林觉民的大丈夫形象已经得到了历史著

作的公认，他的情种形象来自《与妻书》。"意映卿卿如晤"，林觉民的《与妻书》是给他的妻子陈意映做政治思想工作。他要离开自己至爱的女人赴死，他希望陈意映明白他的心意，不要怨他心狠，不要悲伤过度；即使成为一个鬼魂，他也会依依相伴，阴阳相通。天下为公，坦坦荡荡；两情相悦，寸心自知。林觉民的《与妻书》既深情款款又凛然大义，既刚烈昂扬又曲径通幽。一个女作家深有感触地说，读《与妻书》犹如一次精神上的做爱，一波三折，最终达到了革命与爱情的双双高潮。我丝毫不觉得这种比喻有什么亵渎的意味。相反，这说明了革命的情操动人至深。

　　吾至爱汝，即此爱汝一念，使吾勇

于就死也。吾自遇汝以来，常愿天下有情人都成眷属；然遍地腥云，满街狼犬，称心快意，几家能彀？司马春衫，吾不能学太上之忘情也。语云：仁者"老吾老以及人之老，幼吾幼以及人之幼"。吾充吾爱汝之心，助天下人爱其所爱，所以敢先汝而死，不顾汝也。汝体吾此心，于啼泣之余，亦以天下人为念，当亦乐牺牲吾身与汝身之福利，为天下人谋永福也。汝其勿悲！

福州的林觉民纪念馆即是林觉民出生的原址。这座大宅院坐西朝东，四面有风火墙，内分南院和北院，北院有一幢二层楼房和一座小花园，大门边即是福州著名的"万兴桶石店"。这座大宅院的主人最早可以查到的是林觉民的曾祖父。林觉民居住大宅院之内的西南隅，一厅一房，一条狭长的小天井，天井的角落种一丛蜡梅。

许多人习惯于用恒久的时间证明爱情的不朽，海枯石烂，忠贞不渝。但是，真实的爱情要有一个存放的空间。如今，大宅院之中林觉民与陈意映的居室陈设如故。出双入对，同栖同宿，当年这里的一切都曾经烙上俩人的体温。林觉民的记忆之中收藏了如此之多陈意映的细节：笑靥，步态，娇语，嗔怒，凝神，含羞……想不到，这里即将成为伤心之地。物是人非，情何以堪？

汝忆否？四五年前某夕，吾尝语曰："与其使吾先死也，毋宁汝先吾而死。"汝初闻言而怒，后经吾婉解，虽不谓吾言为是，而亦无辞相答。吾之意盖谓以汝之弱，必不能禁失吾之悲，吾先死留苦与汝，吾心不忍。故宁请汝先死，吾担悲也。嗟夫，谁知吾卒先汝而死乎？吾真真不能忘汝也。回忆后街之屋，入门穿廊，过前后厅，又三四折有小厅，厅旁一室，为吾与汝双栖之所。初婚三四个月，适冬之望日前后，窗外疏梅筛月影，依稀掩映，吾与汝并肩携手，低低切切，何事不语？何情不诉？及今思之，空余泪痕。又忆六七年前，吾之逃家复归也，汝泣告我："望今后有远行，必先告妾，妾愿随君行。"吾亦既许汝矣。前十余日回家，即欲乘便以此行之事语汝，及与汝相对，又不能启口，且以汝有身也；更恐不胜悲，故惟日日呼酒买醉。嗟夫，当时余心之悲，盖不能以寸管形容之。

大宅院里住着林觉民父辈的七房族人。从曹雪芹的《红楼梦》、巴金的《家》《春》《秋》到曹禺的《雷雨》，人们可以在文学史上读到一批大家族的故事。那个时候，生活在大家族之中的年轻一辈压抑无助，未老先衰。通常，他们只能像土拨鼠似的在长辈之间钻来钻去，竭力找到一个可以自由呼吸的缝隙。由于没有直抒胸臆的机会，这些年轻人往往多愁善感，神经纤细。如果套上一个不称心的婚姻，他们的下半辈子再也产生不了任何激情。大家族内部的不幸，林觉民都看见了。

林觉民的嗣父林孝颖是林觉民的叔叔。他饱学多才，诗文名重一时。考上秀才时，福州的一位黄姓富翁托媒议亲，招为乘龙快婿。不料林孝颖根本不乐意接受这一门父兄包办的亲事。他第一天就拒绝进入洞房，并且因为心灰意冷而从此寄情于诗酒。大宅院之中，黄氏徒然顶一个妻子的名分煎熬清水般的日子，白天笑脸周旋于妯娌之间，夜里蒙头悲泣，嘤嘤之声盘旋在几进院落的墙角。为了安慰黄氏，排遣她的孤单和寂寞，林孝颖的哥哥将幼小的林觉民过继给黄氏抚养。

　　随着年龄渐长，上一代人的嘤嘤悲泣始终缭绕在林觉民的耳边。他一辈子感到幸运的是娶到了陈意映。也是父母之命，也是媒妁之言，但是，老天爷却让他遇到了情投意合的陈意映："吾妻性癖、好尚与余绝同，天真烂漫女子也！"

但是，情种林觉民就要离开这座大宅院，远赴疆场，九死一生。嗣父一定感到林觉民神色异常，再三询问。林觉民推说日本的学校放樱花假，他约了几个日本的同学要到江浙一带游玩。生母一定也察觉到了什么，但是问不出原因。死何足惧，真正割舍不下的是陈意映，然而她茫然无知——是不是八个月的身孕转移了她的注意力？林觉民肝肠寸断，欲说还休，惟有日复一日地借酒浇愁。所以，《与妻书》之中的这几段话既是说给陈意映，也是说给自己——不说服自己怎么能走得动？

吾诚愿与汝相守以死，第以今日事

势观之，天灾可以死，盗贼可以死，瓜分之日可以死，奸官污吏虐民可以死，吾辈处今日之中国，国中无时无地不可以死？到那时使吾眼睁睁看汝死，或使汝眼睁睁看我死，吾能之乎？抑汝能之乎？即可不死，而离散不相见，徒使两地眼成穿而骨化石，试问古今来几曾见破镜能重圆？则较死为尤苦也。将奈之何？今日吾与汝幸双健，天下人人不当死而死，与不愿离而离者，不可数计；钟情如我辈者，能忍之乎？此吾所以敢率情就死不顾汝也。吾今死而无余憾，国事成不成，自有同志者在。依新已五岁，转眼成人，汝其善抚之，使其肖我。汝腹中之物，吾疑其女也，女必像汝吾心甚慰。或又是男，则亦教其以父志为志，则我死后尚有二意洞在也。幸甚，幸甚！吾家后日当甚贫，贫无所苦，清净过日子而已。

吾今与汝无言矣，吾居九泉之下遥闻汝哭声，当哭相和也。吾平日不信有鬼，今则又望其真有；今人又言心电感应有道，吾亦望其言是实。则吾之死，吾灵尚依依伴汝也，汝不必以无侣悲！

吾平生未尝以吾所志语汝，是吾不是处，然语之，又恐汝日日为吾担忧，吾牺牲百死而不辞，而使汝担忧，的的非吾所忍。吾爱汝至，所以为汝谋者惟恐未及。汝幸而偶我，又何不幸而生今日之中国？吾幸而得汝，又何不幸而生今日之中国？卒不忍独善其身。嗟夫！巾短情长，所未尽者尚有万千，汝可以模拟得之。吾今不能见汝矣，汝不能舍吾，其时时于梦中得我乎？一恸！辛亥三月二十六夜四鼓，意洞手书。

家中诸母皆通文，有不解处，望请其指教，当尽吾意为幸。

"巾短情长，所未尽者尚有万千"，无限的牵挂和负疚，可是林觉民不得不动身了。没有一个至爱的女人，林觉民的内心一定轻松许多；可是，没有一个至爱的女人，生活还值得喷出一腔的鲜血吗？"汝幸而偶我，又何不幸而生今日之中国？吾幸而得汝，又何不幸而生今日之中国？"长吁短叹，家国不可两全。就是在这一刻，历史无情地撕裂了这个男子。

六

　　盖棺论定。一个人做了该做的一切，然后问心无愧地进入历史。历史公正地铭记一切。可是，这种观点又一次遭到了那一位本地业余历史学家的哂笑。他认为，历史就是遗忘绝大多数人，保存极其个别幸运者的事迹。然而，奇怪的是，这些幸运者根本不能控制自己烙印在历史上的形象，也不清楚自己会在哪一天突然大红大紫，或者在另一天被骂个狗血喷头。

　　黄花岗烈士之中，福州乡亲有名有姓的计十九名。林文、林觉民、林尹民号称"三林"，林文为首。"独来数孤雁，到处总悠悠"，"露枯野草频嘶马，水满荒塘不见花"，写得出这种诗句的人一定是不凡之辈。可是，除了些许零散的诗篇，林文不再为历史留下什么。福州已经找不到他的故址。他的亲戚后人杳无音讯。林觉民追随孙中山先生，秘密奔走于日本、福建、香港、广州之间，最终手执步枪、腰别炸弹地杀入总督衙门，然而，现在许多人记住他的原因是《与妻书》。

至少在网络上，革命家林觉民已经成为一个没有温度的称号，情种林觉民仍然炙手可热。我利用搜索引擎查到了虚拟空间的一次圆桌讨论，登录网络的众女士曾经深入研究"我生命中的男人"。林觉民榜上有名。当然，许多男人的名字都出现在这个圆桌讨论之中。曾国藩据说适合当父亲，因为他家教甚严；萧峰——金庸小说之中的人物——豪情磊落，适合当大哥；李白做一个浪漫的小弟挺好；周润发风度翩翩，是男朋友的理想人选；至于丈夫当然要找胡雪岩，因为这老儿有的是钱；如果有可能，再要一个比尔·盖茨做儿子，这娃娃脑子好使，孺子可教也，当妈的省心。也有人提出喜欢贾宝玉，原因是公子听话；另一个女士爱上了孙悟空，因为这猴儿能够七十二变，好玩。这些意见多少有些俗。另一个识见不凡的女士发来一个长长的帖子，她提出了三个理想的男子：项羽，林觉民，关汉卿。项羽显然不仅因为他破釜沉舟的豪迈，这个敢做敢当的男人与虞姬的生死之恋永垂千古；林觉民单凭一封《与妻书》就可以征服无数的芳心；关汉卿这家伙落拓不羁，是一粒"蒸不烂煮不熟捶不扁炒不爆响当当的铜豌豆"，顽劣而又风流，叫人如何不想他。这份帖子赢得了不少掌声，尽管另一些女士表示了某种无关紧要的分歧，例如这些男人都过于霸气，如此等等。

必须承认，这些意见视野开阔，一些妙想甚至匪夷所思。即使林觉民再有想象力恐怕也料想不到，多年以后他可以在这种场合与曾国藩、周润发或者比尔·盖茨同台竞技。抱怨播下龙种而收获跳蚤肯定有些自以为是，但是，这至少可以证明，凡人很难预料，神秘莫测的历史会给未来孕育出什么。

大半个世纪之前，人们曾经从鲁迅的

《药》读出了深刻的悲哀——革命者上了断头台，一批无知的庸众竟然在兴高采烈地当看客，甚至吮他的血。可是，历史上的大英雄什么时候躲得开寂寞和孤愤？也许，是大英雄自风流，没有必要为这种遭遇而伤感。这时，我又想到那位业余历史学家的观点：人生一世，有幸来到天地之间走一遭，能够认定什么是真理，甚至可以将自己的头颅潇洒一掷，长笑而去，这就是幸运的一生，壮烈的一生。那些蝇营狗苟的凡夫俗子并不是天生猥琐——因为他们找不到值得豁出命的事业。一辈子能够有一回惊天地、泣鬼神，如此快意，夫复何求！做了就做了，至于红尘滚滚之中的后人如何指指点点，褒贬引申，那只能随他去了。留下的历史无非是一些印刷品或者象征符号，笑骂由人，没有必要斤斤计较。

可是，林觉民身后的陈意映呢？林觉民慷慨就义，功德圆满，他是不是将无尽的痛苦抛给了陈意映？

躲不开的一问。

网络上有一篇文章说，林觉民不负天下，但负了一人；他不知道天下人的名字，却恨不得将这人的名字记到来世。陈意映愿意追随林觉民上天入地，林觉民却深挚而残酷地替她选择了独生。铁肩担道义。无论什么时候，林觉民都是一个堂堂男子汉。但是，他挥挥手将陈意映抛在彼岸——他有这个权力吗？

道理说得出千千万万，痛苦依然尖锐如

故。即使霓虹灯闪烁的歌舞厅、富有磁性的嗓音或者重金属打击乐也无法覆盖这种人生难题。童安格，这个绰号"学生王子"的歌手居然幽幽地唱起了林觉民，唱起了香港滨江楼的《诀别》：

夜冷清　独饮千言万语

难舍弃　思国心情

灯欲尽　独锁千愁万绪

烽火泪　滴尽相思意

情缘魂梦相系

方寸心　只愿天下情侣

不再有泪如你

是吗？"不再有泪如你"？齐豫——齐秦的姐姐——用一个女人的心情回应一首：《觉——遥寄林觉民》。她要问的是，刹那是

不是永恒——能不能"把缱绻了一时，当作
被爱了一世？"

……

觉

当我回首我的梦

我不得不相信

刹那即永恒

再难的追寻和遗弃

有时候不得不弃

爱不再开始

却只能停在开始

把缱绻了一时

当作被爱了一世

你的不得不舍和遗弃

都是守真情的坚持

我留守着数不完的夜和载沉载浮的
凌迟

谁给你选择的权利

让你就这样的离去

谁把我无止境的付出都化成纸上的
一个名字

如今

当我寂寞那么真

我还是得相信

刹那能永恒

再苦的甜蜜和道理

有时候不得不理

还能说什么呢,林觉民?即使知道一切
如此沉重,即使满心负疚,依然生离死别,

能够握在手里的仅仅是一管笔——《意映卿卿》。许乃胜一曲轻吟如诉：

　　意映卿卿

　　再一次呼唤你的名

　　今夜我的笔沾满你的情

　　然而

　　我的肩却负担四万万个情

　　钟情如我

　　又怎能抵住此情

　　万万千千

　　意映卿卿

　　再一次呼唤你的名

　　曾经我的眼充满你的泪

　　然而

　　我的心已许下四万万个愿

率性如我

又怎能抛下此愿

青云贯天

梦里遥望

低低切切

千百年后的三月

我也无悔

我也无怨

歌罢无言。我知道，即使那个业余历史学家也不会再说什么。这是历史上不会愈合的伤口，但是，这些问题不会出现在历史著作之中。

七

一个作家对我说过，她很喜欢"意映卿

卿如晤"这句话。我想了想，的确，这句话具有私语性质。"意映卿卿如晤"，一个小小的、温暖的私人空间就会随着文字浮现。

陈意映，一个女人的名字，一个收信人，一个林觉民的倾诉对象。现在，她要从纸面上活起来了。那么，她能够走多远呢？

这时，我的叙述半径急剧地收缩。陈意映可能离开她的一厅一房，出去给公婆请安。偶尔也会走出大门，"万兴桶石店"总是那么热闹。是不是还会到门前的那条街上走一走呢？这是福州著名的南后街。一直到今天，这条街上还完整地承传了古街的格局。裱字画的、裁衣服的、卖寿衣的、编藤木器具的、做鞋的，各种小店一溜排开。正月十五过元宵，这条街上的灯笼糊得最好。

带轮子的羊、马、牛、鱼、关公刀、小飞机，品种繁多。当然，大多数时光，陈意映肯定是待在她的一厅一房和狭小的天井里。儿子嗷嗷待哺，她离不开多长时间。陈意映出身书香门第，能诗文，父亲陈元凯是一个举人。所以，林觉民留在家里的几册书籍报刊已经足够她打发空闲的日子。她是不是零零星星地听到了革命、共和、光复这些概念？完全可能。但是，她抬起眼睛只能看到天井上方窄窄长长的天空。这是她的世界。历史在很远的地方运行，由丈夫林觉民以及他的一帮朋友操心。陈意映丝毫没有想到，突然有一天，历史竟然不打任何招呼就将如此沉重的担子搁在她的肩上。

"低低切切，何事不语？"陈意映生活在

一个低语的小天地里。日子很扎实，只是因为有一个人绵绵情意，肌肤相亲。一个女人的耳边有了这些低语，她还有什么必要听那些火药味十足的大口号呢？

辛亥年的三月初，林觉民意外地从日本回到福州。他竟日忙于呼朋唤友，或者借酒使气，但是，陈意映从不问什么。林觉民是一个做大事的人，白天属于他自己。她已经习惯了将大日子搁在那个男人肩上，自己只管小天井里面的琐事，还有腹中八个月的胎儿。陈意映恐怕永远也不知道曾经酝酿的一个计划：林觉民本来打算让她运送炸药到广州。林觉民在福州西郊的西禅寺秘密炼制了许多炸药。他将炸药藏在一具棺材里，想找一个可靠的女子装扮成寡妇沿途护送。如果不是因为八个月的身孕举止笨拙，陈意映可能与林觉民一起赴广州，并且双双殒命。我猜想陈意映不会拒绝林觉民的要求。她甚至会认为，能够和林觉民死在一块，恐怕比独自活下来更好。

不知道摧毁她平静生活的凶讯是如何传递的？我估计只能是口讯而不是电报。广州起义的日子里，林觉民的岳父陈元凯正在广州为官。得到林觉民被捕的消息，他急如星火地遣人送信。赶在官府的追杀令抵达福州之前，林家火速迁走，偌大的宅院一下子空了。

避开了满门抄捕，陈意映与一家老小隐居于福州光禄坊一条秃巷的双层小屋。秃巷里仅一两户人家，这一幢双层小屋单门独户。陈意映惊魂甫定，巷子外面传言纷纷。

一个夜晚，门缝里塞入一包东西，次日早晨发现是林觉民的两封遗书。"吾作此书时，尚是世中一人；汝看此书时，吾已成阴间一鬼。"天旋地转，泪眼婆娑。最后的一丝侥幸终于崩断。更深夜静，独立寒窗，一个女人的低泣能不能传得到黄花岗？

一个月之后，陈意映早产；五个多月之后，武昌起义；又过了一个月，福州起义，闽浙总督吞金自杀，福建革命政府宣告成立。福州的第一面十八星旗由陈意映与刘元栋夫人、冯超骧夫人在起义前夕赶制出来。当然，革命的成功将归于众人共享，丧夫之痛却是由陈意映独吞。两年之后，这个女人还是被绵长不尽的思念噬穿、蛀空，抑郁而亡。

武昌起义成功之后的半年，孙中山先生返回广州时途经福州，特地排出时间会见黄花岗烈士家属，并且赠给陈更新夫人五百银圆以示抚恤。至于陈意映是否参加，史料之中已经查不到记载。这个女人的踪迹此时已经淡出历史著作。她只能活在林觉民的《与妻书》之中。

八

我站在马路对面的一座天桥上，隔着车水马龙遥看那一幢建筑物：朱门，曲线山墙，曲折起伏的灰瓦曾经遮盖那么多的情节。主角早已谢幕离开，舞台和道具依然如故。民国初期，这幢建筑物旁边的巷子辟为马路，如今是福州最为繁闹的地段。这幢建筑物仿佛注定要留下来似的，它顽强地踞守在两条马路交叉的拐角，矮矮地趴在一大片高楼群落之中。人来车往，这里始终是一个安静得有些蹊跷的角落。周围的精品屋一茬又一茬，这一幢建筑物忠心耿耿地监护历史，一成不变。

林家仓皇撤离之后，一户谢姓的人家旋即购下了这座大宅院。谢家有女，后来出落成一个大作家，即谢冰心。冰心七十九岁时写成一篇忆旧之作《我的故乡》，文中兴致勃勃地记叙了这座大宅院：门口的万兴桶石店，大厅堂，前房后院，祖父书架上的《子不语》和林琴南译著，每个长方形的天井都有一口井，各个厅堂柱子上的楹联，例如"知足知不足，有为有弗为"，如此等等。两个近代的著名人物一前一后出入这座大宅院，犹如天作之合。然而，令人奇怪的是，冰心丝毫没有提及林觉民。先前读过《我的故乡》，丝毫想不到冰心说的就是林觉民的故居——仿佛是另一座大宅院似的。冰心对于这里上演的悲剧一无所知吗？对于一个如此渊博的作家，好像不太可能。一个小小的谜团。

林家这一脉后来也出过一个女作家，算起来大约是林觉民的远房侄女。她就是后来嫁到梁启超家的林徽因。林徽因出生在杭州，但是回到过福州。她的文字里也没有提到这一座大宅院，不知为什么。

历史的沧桑，世态炎凉，有些事就不必再费神猜想了。